CANDELA

Esta obra ha obtenido el **Premio Primavera 2019,**
convocado por Espasa y Ámbito Cultural
y concedido por el siguiente jurado:

Carme Riera
Fernando Rodríguez Lafuente
Antonio Soler
Ana Rosa Semprún
Gervasio Posadas

Juan del Val

Candela

ESPASA

ESPASA NARRATIVA

Espasa Libros, sello editorial
de Editorial Planeta, S. A.

Preimpresión: MT Color & Diseño, S. L.

Primera edición: marzo de 2019
Segunda edición: marzo de 2019
Tercera edición: abril de 2019
Cuarta edición: mayo de 2019
Quinta edición: mayo de 2019
Sexta edición: junio de 2019

Diseño de la cubierta: Planeta Arte & Diseño
Imagen de la portada: © Laurent Dufour

Depósito legal: B. 3.859-2019
ISBN: 978-84-670-5423-1

Espasa, en su deseo de mejorar sus publicaciones, agradecerá cualquier sugerencia que los lectores hagan al departamento editorial por correo electrónico: sugerencias@espasa.es

www.espasa.com
www.planetadelibros.com

Impreso en España/Printed in Spain
Impresión: Unigraf, S. L.

Editorial Planeta, S. A.
Avda. Diagonal, 662-664
08034 Barcelona

El papel utilizado para la impresión de este libro es cien por cien libre de cloro y está calificado como **papel ecológico**

A mi padre

Tengo estrías, celulitis y una perra fea que se llama Chelo. Al principio era bonita, pero cuando creció se le ensanchó el culo y le empeoró la cara. Lo mismo que me pasó a mí, salvando las distancias. Yo de niña era muy guapa, además de graciosa. Contaba chistes, cantaba copla, recitaba poesías y bailaba con desparpajo. Mi familia tenía muchas esperanzas puestas en mí como artista, especialmente mi abuela, que llegaba a emocionarse a lágrima viva cuando le entonaba *Suspiros de España*, imaginando que yo acabaría ganándome la vida como cantante. O quizás actriz o presentadora. Famosa, al fin y al cabo. Y presumir en el barrio.

En mi casa vivíamos mi abuela, mi madre y yo, hasta que me independicé hace un par de años, pero como me fui al portal de al lado en la misma calle, me paso más tiempo en su casa que en la mía. En la mía vive la perra, que es una especie de garantía para que ni mi madre ni mi abuela se presenten sin avisar. Ellas se llevan mal con Chelo.

Mi madre es tuerta y lleva un parche como los piratas. A mí me resulta normal porque se lo he visto desde niña, pero tener una madre con un parche en el ojo no te deja más identidad que ser la hija de la tuerta. Tiene un ojo de cristal, y la verdad es que tampoco se le nota tanto, pero ella siempre ha querido llevar el parche para hacer más evidente su lesión.

El ojo lo perdió después de que mi padre le pegase un botellazo en la cara y uno de los cristales se le quedase incrustado en la córnea durante toda la noche, hasta que al día siguiente mi abuela la encontró al entrar en casa. Yo estaba en la cuna durmiendo cuando sucedió aquello, así que no me enteré de nada.

Tuvimos fortuna en la familia cuando mi padre murió unos pocos meses después en la cárcel de Carabanchel. La muerte es a veces un golpe de suerte cuando el que se muere molesta. A mí esto me costó mucho asumirlo, pero es así: que mi padre se fuese al otro barrio nos mejoró la vida. La verdad es que no se sabe lo que sucedió exactamente, pero, al parecer, según la versión oficial, se intentó escapar por un desagüe de la prisión en el que quedó atrapado y murió ahogado sin que nadie le echara en falta hasta pasados dos días en un recuento. Mi padre, además de un maltratador, era, por lo que se ve, un imbécil de mucho cuidado. A mí todo esto me lo contaron cuando era más mayor, así que mi infancia transcurrió con una sorprendente normalidad. La misma que la de cualquier otra niña de mi barrio, salvo por lo del parche de mi madre.

Las tres mujeres de la familia somos de culo ancho y las tres hemos tenido una suerte muy mala con los hombres. Lo de mi madre fue lo peor, pero a mi abuelo, que era guardia civil, lo atropelló en un control de carretera un camión que no frenó a tiempo cuando él le dio el alto. Y a mí me dejó el único novio serio que he tenido. No quiero comparar unos dramas con otros, sólo quiero decir que a mí tampoco me ha ido bien. Por eso vivo sola con Chelo y me da risa pensar que, de las dos, la que más probabilidades tiene de tener descendencia es ella. Me da risa y un poco de pena también.

Mi abuela, mi madre y yo tenemos un bar en la misma calle en la que vivimos. Es un bar normal, un bar de barrio al que vienen casi siempre los mismos clientes y que nos permite vivir a las tres con cierto desahogo, sobre todo porque no gastamos mucho. A mí no me gusta el bar, pero en cualquier otro trabajo ganaría menos, así que nunca me atrevo a cambiar. Y, por otro lado, tampoco se me ocurre ningún otro sitio al que ir, a pesar de haber estudiado hasta tercero de la carrera de derecho. Nadie de mi familia había llegado tan lejos académicamente. Debería haber terminado la carrera, pero cuando me dejó Roberto se me quitaron las ganas de ir a clase y un poco también las ganas de vivir. Él era mi novio desde el primer curso de carrera hasta que un día después de clase me dijo que quería dejarlo porque yo no le motivaba sexualmente. Es posible que llevara razón, porque para mí el sexo nunca había sido una prioridad y con él todavía menos. De eso me di cuenta después de que lo nuestro acabara, pero es que Roberto era un amante pésimo y además la tenía muy pequeña, casi ridícula. Cuando me dejó me limité a llorar, pero todavía hay veces, pasados los años, que me dan ganas de llamarle sólo para decírselo: «Roberto, tienes una polla enana», y quedarme tan a gusto.

El bar que tenemos se llama El Cancerbero. Se lo dejó a mi madre un novio que tuvo que se llamaba Benito cuando yo era pequeña y que tampoco consiguió que ella se quitara el parche ni un solo día, ni una sola noche. Benito iba y venía, no le recuerdo bien y confundo su cara con la de otros hombres del barrio y a veces incluso con algunos actores de películas antiguas en blanco y negro.

Mi madre duerme con el parche, aunque sin ojo. El ojo postizo se lo quita cuando se mete en la cama, pero después se pone el parche encima. De niña sentía mucha curiosidad y algunas noches me metía en el baño mientras ella dormía para tocar con mis manos el ojo de mi madre, que guardaba en un frasco y que era más grande de lo que parecía cuando ella lo llevaba puesto. A mí, ese ojo postizo me llamaba mucho la atención, aunque yo sabía que hablar de él era recordar malos tiempos, y eso suponía que nos acabábamos poniendo tristes las tres. Yo creía que el ojo de mi madre veía incluso cuando no lo llevaba puesto. Tardé mucho tiempo en descubrir que tal cosa era imposible, aunque todavía hoy tengo algunas dudas sobre si por algún motivo mágico ese ojo tiene vida propia. Pienso mucho en eso.

Iba diciendo que el bar El Cancerbero se lo dejó Benito a mi madre. Benito era un buen hombre, decían, que había sido portero de fútbol sin suerte y de ahí el nombre que le puso al negocio. Un nombre espantoso, por cierto. El dinero no lo ganó en el fútbol, sino gestionando algunos locales y pisos que tenía su familia por todo Madrid. Una familia con dinero y buenos contactos. Aunque no le recuerdo muy bien, creo que Benito no me gustaba. O a lo mejor es algo que pienso ahora y cuando era pequeña no me daba cuenta. Yo creo que mi madre le gustaba precisamente porque era tuerta, y eso a mí, ahora pasados los años, no me da buena espina.

De las tres, la más guapa soy yo, eso es así. Mi abuela no lo era ni de joven, aunque ahora de vieja ya está igual que las que fueron guapas: la vejez iguala la belleza destruyéndola... Mi madre, por fotos, también parecía mona, pero ya de tuerta no era ni guapa ni fea, simplemente era tuerta. Yo no recuerdo ni un solo momento desde que cumplí los trece años en el que no haya estado a régimen. Es una desdicha, pero no me queda más remedio porque para meterme en unos vaqueros de talla normal tengo que tener este medio comer que tengo desde pequeña. Aunque ella se abandonara en cuanto a su aspecto, le agradezco a mi madre que me inculcara interés por cuidar mi imagen. Eso tiene su importancia.

En el bar trabaja Iván, el hijo de Loli, que es la mejor amiga de mi madre. A Iván le hemos visto crecer porque viven en el mismo portal que nosotras y desde hace un año nos ayuda en la barra y limpiando, mientras su madre ayuda a la mía en la cocina a la hora de los menús. Yo me encargo de tomar nota a las mesas y de servir los platos que me da el hijo de Loli desde la barra, una vez que los preparan en la cocina.

Loli es una mujer con una enorme actividad sexual. Es rubia teñida y siempre va pintada de más. La raya del ojo muy ancha, sombras verdes o azules y los labios casi siempre de rojo muy vivo. Pasa de los cincuenta, pero no se resiste a vestirse *sexy*, como ella le llama a ponerse mallas y camisetas de licra ajustadas, a menudo con estampados llamativos de tigre, leopardo y otros felinos. Y brillo, mucho brillo. Ella dice que el raso es muy elegante.

Iván hace artes marciales con nombres chinos, no sé cuáles porque no me acuerdo, así que yo a todo lo llamo kárate, algo que a Iván le enfada mucho. Es muy delgado, pero tiene un cuerpo fibroso porque es joven y porque lo cultiva hasta el extremo. Es frecuente verle haciendo ejercicios inverosímiles en la cocina de El Cancerbero con la cabeza entre las piernas suspendidas en el aire y apoyado sólo en uno de sus musculados brazos. Algo que suele enfadar mucho a Loli, que le reprende de manera poco sutil: «Cualquier día se te va una mano y te partes el cuello por gilipollas». Iván tiene el pelo muy corto de punta y con reflejos rubios. Casi siempre va en chándal, y como le quiero mucho, tampoco me importa tanto que no sea muy listo. Desde los quince años anda detrás de mí y yo siempre me lo he tomado a broma. Ahora ya es mayor y prefiero no jugar tanto al coqueteo porque me lo imagino con una potencia propia de su juventud y el deporte en la que prefiero no recrearme. A eso contribuye que el chándal permite que Iván marque en su entrepierna un bulto que deja muy claro que el niño al que yo vi crecer ya no es un niño. Una noche soñé con él y me tuvo revuelta toda una semana imaginando que lo de mi sueño podía ser real, pero lo superé gracias a la conciencia, creo. No en vano le saco casi veinte años y es como de mi familia, así que mejor no pensarlo.

El menú de El Cancerbero vale diez con cincuenta y puedes elegir entre tres primeros, tres segundos y tres postres, que solemos repetir cada semana. Si tomas café con el menú lo cobramos a un euro, veinte céntimos menos de lo que vale durante el resto del día. El primero que llega a comer a diario es Fermín. Él siempre tiene su mesita reservada en una de las esquinas, la más pequeña. Fermín pasa de los ochenta, pero sigue ágil de movimientos. Come con nosotros desde hace más de diez años, cuando se quedó viudo de Agustina. Algunas veces me siento con él cuando empieza a haber menos lío y me cuenta cosas de su mujer, la única mujer con la que estuvo en toda su vida, y no es raro que se emocione hablando de ella mientras sorbe despacito el limoncello al que le invitamos después de su menú y su café. Fermín es el primero que llega a comer y es siempre el último que se va, después de que todas las mesas se hayan quedado vacías. Vive solo y un par de veces por semana va Loli a su piso a lavar y planchar la ropa y a tenerle la casa en condiciones. Yo creo que Loli le cobra por ese servicio más de lo que debería, pero Fermín no tiene problemas económicos porque debe de tener una buena pensión y pocos gastos. Siempre va impecable. Gorra de lana o de paño en invierno y de tela más fina o calada cuando llega el buen tiempo. Pantalones de tergal oscuros, subidos hasta el ombligo, camisa y corbata con alfiler. Alterna en invierno dos chaquetas de punto, marrón y caqui, y en verano una azul clarita y otra beige, más ligeras. Apura su afeitado dejando la piel de su rostro suave y con un ligero olor a *aftershave* que me encanta. A él es al único cliente al que beso cuando entra por la puerta.

—¡Cada día llega usted antes, Fermín!

—¿Qué tenéis hoy de cuchara? —pregunta antes de sentarse.

—Lentejas con perdiz, pero Loli ha hecho hoy ensaladilla rusa, que sé que le gusta.

—Me quedo con las lentejas... ¿Y de segundo?

—Fermín, espérese usted, que todavía no es la hora. Siéntese hasta que termine de montar las mesas.

—Con ese genio no te vas a echar nunca novio, Candelita.

Candelita soy yo, aunque nadie me llama así, sino Candela, que es mi nombre. En realidad, mi nombre es Candelaria, pero todo el mundo me llama Candela, salvo mi madre y mi abuela. Cuando era más joven me sentaba fatal, pero nunca logré que ellas me dejaran de llamar Candelaria. Ahora, lejos de importarme, me gusta que lo utilicen.

Casi todo el mundo que viene a comer a El Cancerbero a mediodía trabaja en unas oficinas que hay en un par de edificios que inauguraron hace seis o siete años y que le dieron vida al barrio. A nosotras no sólo nos salvó de cerrar cuando estábamos a punto de hacerlo, sino que ahora nos va bien. Hemos pagado una reforma entera y yo he podido comprarme una casa, por fin. También hay una comisaría cerca y es frecuente que el bar esté lleno de policías. De paisano o con uniforme, aunque estos últimos vienen más a desayunar a primera hora o a tomar café por la tarde. El caso es que entre policías de la comisaria y administrativos, contables y secretarias de las oficinas, El Cancerbero está lleno desde la una hasta pasadas las cuatro.

Las tardes las paso con Chelo, dormimos la siesta juntas cuando llego a casa, que está a dos pasos del bar. Con ella duermo la siesta y también por las noches. Duermo en la misma cama, me refiero. Ahí se subió de cachorro y ya no se bajó. Sólo una noche tuve que echarla, la única en la que he subido a un hombre a casa desde que vivo aquí hace dos años. Ese hombre es Matías, un policía que siempre desayuna en El Cancerbero. Él es lo más parecido a un amante que he tenido en los últimos tiempos, y aquella fue la primera vez que nos acostamos y la última que lo hemos hecho en mi casa. La verdad es que fue un desastre porque Chelo no paraba de ladrar cuando la encerré en el cuarto de baño y no me dejaba concentrarme. Subí al piso muy excitada, pero entre los nervios después de tantos meses sin hacerlo, Chelo ladrando y que Matías tampoco me dedicó mucho rato, aquel primer encuentro no fue precisamente inolvidable. Me he visto con Matías algunas veces más, algunos domingos cuando yo no trabajo y la madre de él queda con las amigas para ir al bingo. Matías sigue viviendo con su madre y es en la cama de esa señora donde él y yo tenemos sexo de vez en cuando. Matías es fuerte y cariñoso y siempre es bonito que alguien te abrace y te bese, pero nuestro sexo nunca ha sido nada del otro mundo. Una cosa normal, creo. Debe influir esa cama vieja que hace ruido al moverse, la colchas de ganchillo, esos muebles color caoba, la coqueta con la foto del padre difunto de Matías, que además tiene su misma cara.

Yo disfruto más sola. Me tengo el punto cogido y algunas noches si me excito, me toco y en pocos minutos acabo. Procuro que Chelo no se entere, así que lo hago por debajo de las sábanas, pero algunas veces creo que cuando llego al final mi perra se mueve un poco inquieta. Como si se pusiera celosa, diría yo. Lo cierto es que ningún hombre me ha hecho correrme, lo hago yo. Cuando noto que él va a llegar al final, me toco y en pocos segundos termino, no tengo dificultad para eso. Es posible que no haya tenido suerte con los amantes que me he buscado, seguro que no la he tenido. Han sido demasiado pocos y no demasiado buenos, por lo que cuentan algunas amigas, veo en las películas o leo en los libros. Siempre me parece que me estoy perdiendo algo, pero cuando llega el momento, casi nunca me lanzo, aunque luego me vaya a casa un poco arrepentida.

Mi madre no se ríe casi nunca y lo peor es que no creo que sea por su carácter, sino porque ya no tiene ganas. Eso me da pena. Ella no cree que su suerte pueda cambiar, se ve vieja y seguramente tenga razón. Ahora sí, pero hubo un tiempo en el que todavía estuvo a tiempo de quitarse ese maldito parche, cuidar su aspecto y volver a sonreír. Nunca me he atrevido a decírselo claramente, pero yo estoy muy enfadada con ella por ese abandono. No se lo he dicho nunca porque no he sido consciente hasta hace poco y porque no me atrevería a decírselo. Ella me confesó que vivía porque no le quedaba más remedio. Que no le quedaba más remedio por mí, añadió. Apuesto que quería decir por mi culpa.

Hoy ha hecho arroz con pollo, como casi todos los jueves. Hay trajín en la cocina porque es el día que más gente viene a comer. Muchos trabajadores de las oficinas se traen algunos días de casa la comida en una tartera y los viernes muchos se marchan a las tres. De ahí que los jueves sea el último día de la semana que prefieren comer fuera en vez de traerse la comida en un táper.

Mi abuela le ha echado la bronca a Iván porque el chico ha decidido ponerse hoy una camiseta de tirantes, y eso no causa buena impresión detrás de una barra.

—Ahí, con todos los pelos del sobaco —le reprocha mi abuela.

—Pero qué dice, señora —se defiende Iván, enseñando la axila—, si estoy depilado.

Es cierto, Iván está totalmente depilado. Me lo contó un día mientras cerrábamos el restaurante, antes de proponerme que le acompañara al almacén. Me reí, le dije que se dejara de tonterías y le confesé que a mí los chicos depilados del todo no me gustan. Aunque luego, en casa, imaginándomelo, ya no me desagradaba tanto.

—Bueno, que te pongas unas mangas como Dios manda y se acabó lo que se daba —concluyó mi abuela.

Mi abuela no aparenta ser mucho mayor que mi madre. Es verdad que la tuvo joven, pero como mi madre parece que tiene más años de los que tiene, la cosa se iguala. Mi madre también me tuvo a mí joven, algo que yo ya no seré si es que algún día tengo hijos.

Mi abuela era una mujer alta para su época y bastante ancha para cualquier época. Nació en un pueblo de Albacete y allí vivió con mi abuelo hasta que se vinieron a Madrid, cuando mi madre era todavía una niña. El parto fue complicado, no se sabe bien lo que sucedió, mi madre no venía bien colocada y la matrona pasó apuros para ayudarla a salir. Fue en casa de mi abuela y, además de la matrona, había algunas vecinas a modo de enfermeras improvisadas que echaban una mano y que animaban a la parturienta en el trance. Casi siempre era así en aquellos tiempos, y más en los pueblos. Hubo tensión porque se temió por la vida del bebé, que tardaba demasiado en salir; fue cosa de segundos que mi madre no naciera muerta, pero finalmente vio la luz, rompió a llorar y la respiración le hizo quedarse en el mundo de los vivos. Mi abuela quedó derrotada tras muchas horas de parto y seguramente no la atendieron como es debido al volcarse todas en recuperar a la niña. No se sabe lo que la causó, quizá la suciedad o algo que se quedó dentro de su cuerpo, pero mi abuela sufrió una infección que casi acaba con ella. Semanas más tarde tenían que operarla de urgencia en Albacete, y del quirófano salió sin posibilidad de volver a ser madre. La «vaciaron» era la forma en la que mi madre y mi abuela explicaban aquella intervención en la que le extirparon matriz, ovarios...; una manera de describir esa operación que a mí me inquietaba mucho. El caso es que, ya «vacía», mi abuela, a pesar de su juventud, no pudo tener más descendencia que mi madre.

El arroz con pollo se ha acabado y todavía falta el segundo turno de comidas. Ahora hay que dar salida a la sopa de picadillo y la ensalada mixta, que son los otros dos primeros que hemos preparado para hoy. El ruido en el bar es ensordecedor a la hora de la comida: las risas, el bullicio, las discusiones. El sonido de los platos chocando entre sí, mis gritos a Iván porque falta el segundo de la mesa ocho y los de Iván a Loli y a mi madre para que anden más ligeras en la cocina. Las voces intentando imponerse unas a otras, los de una mesa hablando más alto que los de la de al lado.

Aunque en El Cancerbero no quede más remedio, me incomodan las personas que hablan muy alto en los sitios públicos; es una de las formas más vulgares de llamar la atención. Y por encima de todas las voces del bar a la hora de comer está la de Tomás Cifuentes, un inspector de la comisaría al que todo el mundo llama por el apellido. Cifuentes es un hombre alto, duro, pasa por poco de los cincuenta, tiene el pelo un poco más largo de lo aconsejable, a modo de símbolo nostálgico del joven que ya hace tiempo que dejó de ser. Guapo sigue siendo, con un aspecto estudiadamente descuidado en la barba gris, el pelo revuelto y la ropa de marca que no lo parece. Su risa es contundente y su voz se proyecta como si en su garganta llevara un amplificador, algo que genera mucha incomodidad, al menos a mí, especialmente cuando cuenta alguna anécdota que cree graciosa de su larga vida en la policía. Cifuentes es magnético y un poco odioso a la vez, es altivo y desprende esa seguridad de la gente que se siente invulnerable. Sin embargo, los que trabajan para él le quieren y hablan siempre de su generosidad... Loli también habla de esa virtud de Cifuentes, pero ella la conoce por otros motivos. Nuestra cocinera anduvo detrás de él desde la primera vez que el inspector entró por la puerta de El Cancerbero hasta que logró meterlo en su cama. Fueron algunos encuentros en los que yo tenía que entretener a Iván en el bar con cualquier excusa mientras Loli se llevaba al comisario a su casa. Debe de ser Cifuentes algo especial en la cama por su rudeza, por su potencia o por lo que sea, porque Loli siempre volvía al bar derrotada después de estar con él.

—¡Qué barbaridad, hija mía —decía mientras se desparramaba en una silla—, todavía me tiemblan las piernas!

A mí me hacía gracia y, además de risa, me daba también un poco de envidia, para qué negarlo. A mí Cifuentes no me entusiasma, pero me gustaría tener un poco más de suerte con los amantes. En eso nunca acierto, ésa es la verdad.

Hoy hemos salido más tarde de lo habitual, así que Chelo debe de estar desesperada por corretear por el parque. No me podré echar la siesta porque mi madre me ha pedido que le ayude a poner las cortinas que quitó ayer para lavarlas. Ella y mi abuela no pueden solas. Ya le he dicho que para esas cosas tiene que llamar a una señora, pero ni caso. Así que iré después de sacar a la perra y antes de volver por la tarde al bar.

Chelo no tiene pedigrí. Su madre era al parecer una preciosa Beagle, pero el padre era un chucho, y más de chucho que de Beagle tiene ella. Me gustan los paseos con Chelo, me gusta estar con mi perra. Es posible que más de lo conveniente, porque creo que las conversaciones más largas y más sinceras que tengo son con ella. Quiero pensar que me entiende, pero es evidente que no lo hace. Chelo es todo lo lista que puede ser una perra, y eso llega hasta donde llega, no puedo engañarme. No es que la quiera porque esté sola, la quiero porque la quiero, pero pasar tanto tiempo con ella me recuerda que no tengo a nadie para ir al cine, a cenar un sábado o irme de viaje... Me aburro, y lo peor es que me estoy acostumbrando a aburrirme.

Mi madre está encima de la escalera intentado introducir la barra de las cortinas por uno de los soportes que están en los extremos de la ventana.

—¡Menos mal! —exclama al verme entrar por la puerta—. Es la tercera vez que lo intento y no soy capaz.

—¡Bájate de ahí, que ya lo hago yo! —le ordeno mientras me quito el abrigo.

Mi abuela está durmiendo la siesta, algo que me recuerda el sueño que tengo yo.

—¿Tú tampoco has dormido nada? —le pregunto a mi madre.

—Ya sabes que yo no pego ojo en la siesta.

No es verdad. Mi madre —como casi todas, tengo entendido— dice que duerme mucho menos de lo que duerme. No sé por qué.

—Esto no entra por aquí, mamá —le digo mientras intento meter la barra por el agujero.

—Pues tiene que encajar —se desespera.

—Yo no sé qué necesidad había de lavar las cortinas —le reprocho.

—Si vas a empezar a protestar, mejor te vas y lo hago yo.

Me doy cuenta en ese momento de que estábamos colocando la barra al revés y que girándola encajaba perfectamente. Nos ponemos contentas las dos.

—Haz una cafetera mientras yo sigo colgándolas —le pido a mi madre, que acepta de buen grado.

En total son cuatro cortinas, que hay que enganchar primero en la barra y después sujetar ésta en su soporte. Todavía estamos en la primera, así que tenemos para un buen rato. Los ganchitos que sujetan la tela de la barra son muy difíciles de enganchar y además son muchísimos. Es un poco desesperante.

—Podías poner estores —bromeo con mi madre.

—Es tarde para cambios, Candelaria —me contesta sonriente.

Estamos a gusto, a pesar de que los ganchitos de las cortinas están endemoniados.

—La abuela ha hecho bizcocho, ¿quieres?

—No puedo, he cogido un par de kilos.

—No se te notan, pero no quiero tentarte.

—¿Llevas puesto el ojo? —le digo, cambiando de tema.

—No. Luego me lo pongo.

—Pues quítate el parche, mujer. Estamos solas.

Sé que no lo va a hacer porque mi madre sin el parche se siente desnuda, pero a mí me gusta pedírselo. De pequeña su cicatriz me daba miedo; más que la cicatriz, la deformidad que supone en su rostro ese hueco sin llenar. Ya no siento miedo, pero todavía me sigue impactando verla sin parche.

Ya tenemos terminadas dos cortinas, sólo faltan otras dos. En el cuarto estamos oyendo cómo mi abuela se va despertando. Los tabiques no son lo mejor de la casa, desde luego.

—Lleva hora y media durmiendo —me informa mi madre—. Luego dice que no puede dormir por la noche.

—Yo me echaría un rato, me muero de sueño —le confieso.

La conversación la interrumpe un pedo que mi abuela se acaba de tirar en la habitación. Sonoro y largo, de los que parece que no van a terminar. A mi madre y a mí nos entra la risa.

—¡Abuela, por Dios! —le grito desde el cuarto de estar.

—¡No sabía que estabas aquí, Candelaria! —dice, saliendo de la habitación—. ¿De qué os reís tanto?

—Del pedo que te acabas de tirar.

—¿Yo? —dice sorprendida.

—Si es que no se los oye —me informa mi madre con complicidad—. Cada día está más sorda.

—Ni que yo fuera la única —se justifica.

Me encanta ver a mi madre de buen humor, es raro que pase. A mi abuela le cuesta menos y a veces creo que no se ríe más para no enfadar a mi madre. A mí sí me pasa. Me siento un poco culpable cuando me río delante de ella.

—Ya estáis terminando —dice mi abuela, al ver que estamos poniendo los ganchitos de la última cortina.

—Ahora hay que colgarlas.

—No te preocupes, ya las colgaremos más tarde —me dice mi madre—. Duérmete y cuando te despiertes lo hacemos.

—¿Estás segura? —Me hace ilusión la idea de dormir un rato.

—Sí. Échate en mi cama y te despierto dentro de una hora.

Mi abuela se ha bajado al bar y yo me he metido en la cama de mi madre, como cuando vivía aquí, que siempre prefería su cama a la mía. Ha bajado las persianas para que descanse mejor, aunque dejando un hueco para que entre la luz y no parezca de noche. Cuando estoy a punto de dormirme, mi madre me pasa la colcha por encima desde los pies hasta el cuello.

—Me encanta que estés aquí —me dice mientras me da un beso después de taparme.

Qué maravilla dormirse así, me inunda una sensación de bienestar, de paz, de silencio justo antes de quedarme profundamente dormida.

De niña soñaba muchas veces que mi madre tenía los dos ojos, que era una madre normal. Y que yo no era la hija de la tuerta, sino la hija de mi madre, de Teresa, que es como se llama. Es inevitable sufrir cierta vergüenza cuando eres niña si tu madre tiene ese defecto, y también lo es sentirse culpable de mayor por haberla tenido. Yo no quería que mi madre me fuera a buscar al colegio o a casa de alguna amiga cuando estaba en un cumpleaños, ni que me llevara a jugar al parque. Yo la quería, la necesitaba, pero me hubiera gustado haberla escondido y que saliera nada más cuando estuviéramos solas. Estoy segura de que ella se daba cuenta, pero jamás me dijo nada. Pienso en la tristeza que debía de sentir cuando yo me hacía la despistada fingiendo no conocerla si estaba con otras niñas. Me da pena, aunque ella era la que se empeñaba en no quitarse el parche. Algún día le pediré perdón...

En este momento no sé si estoy recordando esto o lo estoy soñando, no sé muy bien si estoy dormida o medio despierta. No sé si el golpe que escuché hace un rato es realidad o he soñado ese ruido tan horrible. Ha dejado de entrar luz por la persiana a medio bajar, se ha hecho de noche. No sé qué hora es, pero mi madre no me ha despertado. Le habrá dado pena y se habrá bajado al bar, aunque debería haberme despertado porque teníamos que colgar las cortinas.

En el salón tampoco hay luz, estoy sola. Según abro la puerta de la habitación veo las cortinas a medio colgar, caídas cubriendo parte del suelo. Miro lo que no quiero ver, hay sangre, espesa, muy oscura. Tengo miedo de encender la luz. No estoy soñando, ahora estoy despierta. Debajo de la cortina está mi madre, le asoman los pies, metidos en esas zapatillas negras de paño horribles de señora de luto. Doy la luz, la descubro debajo de la cortina, tiene el ojo abierto, con expresión de pánico...

—¡Mamá, mamá!

Lloro, la beso dejando caer su cabeza ensangrentada encima de mis brazos y noto cómo me empapo de su sangre caliente. Quiero pensar otra vez que es un sueño, pero no lo es. Grito. Mi madre no tiene ninguna expresión en su único ojo. Mi madre está muerta.

La carretera recta hasta donde alcanza la vista atraviesa esta llanura infinita de campos que, creo, son de cereales. No sé diferenciar unos cultivos de otros, no me gusta el campo. Yo conduzco con mi abuela sentada a mi lado, que llora sin hacer ruido. Detrás van Loli e Iván, que va oyendo música con los auriculares puestos con tanto volumen que se escucha el reguctón y que tararea sin darse cuenta. Cada uno maneja la tristeza como puede, así que no le decimos nada. Delante va el coche fúnebre con mi madre dentro del ataúd. Vamos a enterrarla en su pueblo de Albacete; dice mi abuela que ella lo quería así. Yo nunca se lo oí decir, pero mi abuela asegura que ésa era su voluntad. Yo creo que se lo ha inventado, pero qué más da.

Detrás de nuestro coche viaja un Mercedes azul metalizado que conduce Benito. Hacía muchos años que no le veía, pero se presentó en el tanatorio en Madrid y le pidió a mi abuela acompañarnos hasta el pueblo para asistir al entierro de Teresa. Fue mi abuela la que le avisó de que mi madre había muerto, porque creyó que tenía que saberlo. En teoría, le debemos mucho a Benito, aunque a mí no me guste. Siempre que le veo me pongo nerviosa. Hay algo en él que me da miedo, también un poco de asco, aunque su apariencia no sea desagradable. Mi abuela ha aceptado que nos acompañe al pueblo, aunque tampoco parece que le haga mucha gracia. No es cuestión de negarle a nadie su presencia en un entierro y menos a él, que, regalándole El Cancerbero a mi madre, nos proporcionó el modo de ganarnos la vida. Un regalo enorme teniendo en cuenta que tampoco estuvieron juntos tanto tiempo. Es posible que él fuese el gran amor de mi madre, quién sabe. Yo era pequeña y no me acuerdo, pero sé que pasaba en casa algunas semanas, luego se marchaba hasta que regresaba otra temporada. Un día desapareció del todo de nuestras vidas, al menos de la mía. Ignoro si tiene familia, mujer o hijos, pero al entierro ha venido él solo.

No recuerdo el tiempo que hace que no vengo al pueblo de mi abuela. Aunque mi madre también nació aquí, siempre le he llamado el pueblo de mi abuela. Aquí veníamos las tres cuando cerrábamos el bar en el mes de agosto y algunas veces en primavera porque había una romería de la Virgen. Luego, de adolescente, me dejó de apetecer venir de vacaciones, y debe de pasar de dos décadas el tiempo que hace que no vengo. Antes de enterrar a mi madre vamos a velarla en la casa de mi abuela. Me pone nerviosa esa situación porque no tengo ni idea de cómo comportarme. Según entramos en el pueblo se me hace evidente que las cosas no han cambiado mucho por aquí. Los hombres que llevan gorras se las quitan cuando el coche en el que va mi madre muerta les pasa por delante. Las mujeres se santiguan y los niños detienen sus carreras. En la puerta de la casa, que está dos calles por encima de la principal, ya hay algunas vecinas esperándonos. También está Celestino, un chico un poco mayor que yo, que no estaba bien. Cele, que así le llamaban, siempre ha sido retrasado. O a lo mejor era sólo tonto, porque en realidad no tenía ninguna discapacidad diagnosticada, que se sepa. De niño y de adolescente siempre nos subía la falda a las chicas y por alguna extraña razón nos pegaba balonazos muy fuertes. Siempre iba con un balón debajo del brazo a todos los sitios. Al médico, a por el pan, a jugar, aunque no fuera al fútbol, y hasta a misa los domingos iba el pobre con su balón, y no lo dejaba ni para comulgar. Cele, para mostrar su rabia o su cariño, quién sabe, decidía de repente pegarle un chut al balón con todas sus fuerzas utilizando nuestros cuerpos como diana. Cuando nos alcanzaba se ponía contentísimo, saltaba y reía sin sentido. Me impresiona verle tan arrugado cuando me bajo del coche y reparto besos a todas las personas que se me acercan. Él espera su turno y cuando me ve me abraza sin controlar su fuerza. Sigue teniendo esa mirada de no entender, que con los años va inspirando más compasión que ternura.

—¡Hola, Candelita, cuánto lo siento! —me dice mientras termina su abrazo y junta sus manos enormes y ásperas con las mías.

Loli e Iván se mantienen detrás de nosotros, mientras las señoras lloran abrazando a mi abuela. Cada vez vienen más a la puerta donde hemos aparcado los coches. Las vecinas comentan unas con otras.

—Hay que ver la muerte tan mala que ha tenido.

—¡Y la vida! Que la Tere sufrió mucho. Las cosas como son.

—¡Mira que morirse de un porrazo! ¡Qué desatino!

—¡Y la Candelaria encontrársela ahí como un pajarico!

—¡Menuda papeleta!

Benito ha aparcado su Mercedes lejos de la puerta y se mezcla entre los vecinos, que le miran sin reconocerle.

—¿Quién me echa una mano? —interrumpe el conductor del coche fúnebre, que obviamente no puede sacar sin ayuda el ataúd de mi madre.

Los cinco hombres que hay en la calle se acercan al coche, entre ellos Benito e Iván, al que mi abuela reprocha su vestimenta.

—¡Ni siquiera hoy te has podido poner unos pantalones como Dios manda!

Iván ha venido en chándal, aunque ha tenido la prudencia de ponerse uno discreto de algodón con sudadera gris y pantalón negro. Loli ha dejado sus estampados de leopardo y va de luto riguroso. Se me hace rarísimo verla vestida de negro. Los únicos zapatos que guardaba de ese color tienen rozada la punta, algo que no termina de ocultar el betún que les ha dado después de rescatarlos del armario. También negra, aunque cada vez con más canas, es la raíz de su melena, que va ganando terreno al tinte rubio que se puso hace ya demasiados meses.

Los llantos son más sonoros cuando se abre la puerta del coche y los hombres se disponen a sacar el ataúd. Pocas de estas mujeres tenían relación con mi madre, pero en los pueblos cuando de muertos se trata, se llora más que se siente. Al sacar el ataúd e izarlo a hombros para introducirlo en la casa sólo se escucha el sonido de los suspiros y el llanto. Hay un silencio respetuoso que me emociona, siento pena y vuelvo a llorar. El pobre Cele es el que no sabe manejar la emoción, y al salir del coche el ataúd de mi madre se ha puesto a aplaudir descompasado al grito de «¡Viva, viva!». Debe de haberlo visto en la tele cuando entierran a algún famoso y ha creído que era lo que tenía que hacer. Algunas mujeres le han mandado callar, pero otras han secundado el aplauso para no dejarle solo. Del llanto paso a la risa cuando miro a Cele aplaudir. Lo hace con las dos manos completamente estiradas enfrentándolas de manera descompasada y según aplaude parpadea como si le asustara el sonido que él mismo provoca. Bajo la cara hacia el cuello y la escondo tras el pañuelo para que no se me note que no puedo evitar reírme. Me siento un poco cruel.

Mi abuela comenta con las vecinas su enfado porque el ataúd de mi madre no esté abierto, pero yo prefiero que no sea así. Me muero de cansancio y de sueño, no he dormido apenas desde aquella siesta en la que me despedí de mi madre hace tres días. Delante del ataúd, con mi abuela al lado y las vecinas que se van turnando para acompañarnos, miro a Benito, que deambula por la casa con rostro serio. No ha hablado con nadie desde que llegó.

—¿Quieres un café? —le digo, acercándome a él.

—Si ya está hecho, me lo tomo, pero no te molestes en hacerlo.

—No te preocupes, yo también quiero salir de la sala un rato. Me ahogo un poco.

—¿Cómo estás? —me pregunta, supongo que a modo de formalismo.

—Bien, bien... Y a ti ¿qué tal te va?

No escucho bien su respuesta porque de repente me siento muy mal. Estar cerca de Benito me revuelve el estómago, sigo sin saber por qué pero hay algo en mi memoria que me impide mirarle sin sentir ganas de vomitar.

—¿Te encuentras bien? —le escucho cuando me rehago un poco.

—La verdad es que no me apetece ese café —le confieso.

Le dejo en medio del pasillo y siento la necesidad de salir a la calle, donde ya es noche cerrada. El otoño, aunque tardío, se ha impuesto al verano y a estas horas hace frío. Me despeja ese aire gélido. A mi mente viene el rostro de Benito de una manera difuminada, confusa. Y su cuerpo desnudo. Aprieto con fuerza el puño derecho y noto, empapada de sudor, la palma de mi mano en la que guardo el ojo de cristal de mi madre.

Al lado de la de mi abuelo está la tumba de mi madre. Desde que los nichos se impusieron, ya casi nadie se entierra en el suelo. Yo lo prefiero porque los nichos me provocan aún más claustrofobia. Imagino que allí, entre el cemento y el azulejo, los cuerpos no se deshacen ni tanto ni tan rápido como en la tierra. Pienso que lo mejor es dejar de existir cuando se muere, desintegrase del todo. La incineración es lo ideal, pero entre la tierra y esa especie de estantería de obra que son los nichos me quedo con la tierra.

Mi abuela está orgullosa de tener este terrenito pagado en el cementerio donde acabará ella cuando el Señor quiera. Tiene la cara empapada de lágrimas, colgada de mi brazo y del de Iván para no desplomarse, cuando tres señores ayudados de dos sogas introducen la caja de mi madre en la tumba. Ha venido mucha gente, más de la que pasó por el velatorio en la casa. Tengo la sensación de que la gente en los pueblos tiene más costumbre de asistir a los entierros y por tanto su comportamiento es más natural. Es una coreografía perfecta, parece como si hubiera habido algún ensayo previo. El llanto justo, el murmullo que lo cubre todo sin dejar que se imponga el silencio, las miradas, la manera de caminar ordenada hasta el cementerio, de colocarse alrededor de la tumba en el último momento y de despedirse cuando ya no hay nada más que hacer.

En la puerta tengo el coche porque desde aquí mismo nos vamos a Madrid. Mi abuela y Loli van detrás de mí caminando, apoyándose una en la otra, literalmente. Loli está destrozada, los ojos granates, hinchados de tanto llanto. Mi madre era su amiga, la única que tenía, como Loli lo era de ella. Tan distintas las dos. Loli desde la risa y mi madre desde la frialdad, ambas estaban especialmente dotadas para asumir el sufrimiento. Mi madre, hierática y distante; Loli, graciosa y accesible, se habían impuesto a una vida perra en la que era muy difícil ser feliz. Ellas son mujeres de otra época, creo que ya no existen mujeres así, capaces de arrastrar tanto peso sin hundirse. Yo no soy de esas, estoy segura.

—¡Candelita, vuelve pronto! —me despide Cele en la misma puerta del coche abrazándome tan fuerte que llega a incomodarme.

—Cele, no te pegues tanto.

—Es que yo te quiero mucho, Candelita. ¿Te acuerdas de cuando éramos pequeños?

—A los tontos siempre les da por lo mismo —dice mi abuela nada más meterse en el coche.

—¡Pobre! —exclama Loli, compadeciendo al pobre de Cele.

—De pobre nada —la contradice Iván—. Le he visto cómo se tocaba por dentro del pantalón mirando a Candela.

—*¡Jodío porculo!* —se reafirma mi abuela.

Cele nos ha servido para aliviar la tensión del entierro y a punto ha estado de hacernos sonreír, a pesar del momento. La risa no debería hacernos sentir culpables cuando es necesaria. En la gasolinera que hay justo a la salida del pueblo veo a Benito repostando su Mercedes azul y me dan ganas de acelerar. Mi abuela reclina su asiento y cierra los ojos, Loli apoya la cabeza sobre el hombro de Iván, que conecta sus cascos y comienza a tararear alguna canción insufrible. Tengo ganas de salir de este pueblo y volver a Madrid, aunque allí sí que vamos a echar de menos a mi madre. No me imagino El Cancerbero sin ella, a mi abuela sin ella, la casa sin ella... No me imagino la vida sin mi madre.

Fermín se ha quedado estos días con Chelo. Me dijo que le haría compañía y a mí me pareció la mejor opción, además de la única. Me cuenta que estos días ha comido sopa de sobre y tortillas francesas con jamón york que él mismo se ha hecho.

—No me apetecía salir —me dice mientras me hace una cafetera en su cocina de gas butano.

Fermín también lleva corbata para estar por casa. En realidad, va igual de impecable que cuando sale a la calle, pero cambiando su chaqueta de punto por un albornoz a cuadros y sus zapatos por unas zapatillas de pana azul marino.

—Se ha portado muy bien esta señorita —me dice, señalando a Chelo, que le mira como si sus palabras la hipnotizaran.

—¡Ven aquí, cariño! —llamo a mi perra, que viene, pero con desgana.

—¿Qué tal el entierro? ¿Hubo mucha gente?

—Ya sabe cómo son estas cosas en los pueblos, que va todo el mundo.

—A mí me hubiera gustado ir, pero...

—No se preocupe, Fermín —le interrumpo sus disculpas—, para mí es como si hubiera estado. Y además, ¿quién se hubiera quedado con Chelo?

—Yo quería mucho a tu madre, la vamos a echar de menos —dice, aguantándose las ganas de llorar.

—Lo sé, Fermín —le respondo, poniéndole una mano en el hombro.

—Nos llevamos bien desde que nos conocimos. Agustina también la quería mucho.

—Mi madre siempre recordaba con mucho cariño a su mujer.

—¿Fue alguien de Madrid al entierro?

—Nadie, sólo Loli e Iván... Bueno, también vino Benito.

—¿Benito? —se extraña—. ¿Qué Benito?

—Fue novio de mi madre cuando yo era pequeña.

—Ah, sí —dice con poco interés.

A Fermín le ha cambiado su habitual gesto de amabilidad por una seriedad que me sorprende.

—Se tiene que acordar —le insisto—. Él le dejó el bar a mi madre.

—Hace mucho tiempo de eso —admite con desgana, como queriendo cambiar de tema.

Fermín se levanta a echar el café en unas tacitas minúsculas de porcelana con flores pintadas en tinta azul. Le tiemblan un poco más de lo normal las manos arrugadas. Chelo salta desde mi regazo al suelo y le persigue por la casa.

—El Cancerbero se llama así porque Benito fue portero de fútbol —vuelvo a la carga.

—Mira, Candelita...

Suena el timbre de la casa y el ladrido de Chelo interrumpe a Fermín.

—Seguramente será tu abuela —me dice.

Chelo le acompaña a abrir la puerta y desde allí oigo su voz.

—¡Hola, Fermín! ¿Está aquí mi nieta?

—Pase, doña Remedios. En la salita la tiene.

Remedios es el nombre de mi abuela y el que a punto estuve de tener yo si no hubiera sido por una feliz decisión de mi madre a última hora, casi en la puerta del registro. Ella se enfadó muchísimo porque mi madre se lo había prometido. Yo se lo agradecí a mi madre cuando me hice mayor, porque llamarme Remedios era lo que me faltaba.

Chelo no para de ladrar a mi abuela, como siempre, a la que acosa durante todo el viaje por el pasillo desde la entrada hasta la salita.

—¡*Jodía* perra!

—Doña Remedios, no diga usted esas cosas.

—Es que me tiene manía, la muy...

—Ven aquí —llama Fermín a Chelo, que obedece sumisa.

Es algo que me pone un poco celosa, aunque disimulo para que no se me note.

—¿Quiere usted un café?

—No, gracias, Fermín... Sólo quería preguntarte si hoy duermes conmigo —me dice a mí con tono de súplica.

—Claro, abuela.

—Pero sin la perra —me advierte.

—A Chelo me la quedo yo —media Fermín.

Vamos todos hacia la puerta, pero dejo que mi abuela salga primero para llamar al ascensor. Yo me quedo unos pasos detrás con Fermín.

—Antes de que llamara mi abuela iba usted a decir algo sobre Benito.

—Da igual, no era importante.

—¡Vamos, niña! —me llama mi abuela desde el descansillo, donde está sujetando la puerta del ascensor.

Yo miro a Fermín, suplicante, y él me da un beso antes de susurrarme algo al oído.

—Déjalo estar, Candelita. Lo mejor que te pudo pasar es que Benito saliera de tu vida.

No soy lesbiana, pero siempre he tenido la fantasía sexual de que una mujer me comiera las tetas. Concretamente eso, ni más ni menos. Ninguna otra cosa, salvo quizás que me besara la boca. Que una chica guapa me bese también es algo que imagino excitante. Se trata de una fantasía más que un deseo, supongo, porque hacer eso en la vida real y no en mi mente me parece imposible. Ya me resulta difícil tener un impulso suficiente para irme a la cama con un hombre, así que lo de una mujer no es ni siquiera una posibilidad. Tengo más de cuarenta años y he estado con cinco hombres en toda mi vida. Roberto, mi único novio, Matías, el policía, y tres chicos más con los que me acosté después de que me dejara Roberto y de los que no recuerdo apenas nada. Mi vida sexual ha sido seguramente la parte más mediocre de mi vida en general. No tengo dudas de que la culpa habrá sido en parte mía, pero en la cama ellos tampoco me han hecho olvidar nunca que el sexo es mejor estando sola.

Perdí la virginidad con Roberto, mi primer novio de la facultad, que, como dije, la tenía muy pequeña, algo que con el tiempo no gusta pero que la primera vez se agradece. Lo hicimos en un chalé que la familia de Roberto tenía en la sierra un viernes de noviembre. Fue un par de meses después de conocerle al comienzo del curso y tres semanas después de estar saliendo oficialmente. Lo hice porque creía que ya tocaba, que dejar de ser virgen era algo pendiente que había que solucionar en algún momento y era absurdo retrasarlo. Roberto era un chico guapo, alto y corpulento. Al igual que yo, él también era de cadera ancha, algo que en los chicos es mucho peor. Tenía cuerpo de pera, de esos que sin estar gordos lo parecen. Lo que más me llamaba la atención de mi primer novio era la enorme seguridad que tenía en sí mismo sin que existiera objetivamente ningún motivo para tal cosa. Se creía una eminencia, a pesar de ser un estudiante normalito; su actitud era como si le desearan todas las mujeres de la facultad, cuando en realidad sólo me gustaba a mí, y tampoco demasiado. Y en la cama se desenvolvía con una actitud como si conociera todos los secretos del sexo siendo un amante desesperadamente torpe. Algo muy evidente, a pesar de no tener ninguna otra referencia para comparar, como era mi caso en aquel momento. Parece que hablo con rencor por haber sido él quien me dejó, pero es más bien pena y compasión lo que me despierta su recuerdo. Aquel viernes de noviembre, el pobre Roberto desplegó en una sola noche toda su torpeza desde que, aparcando mi coche en el garaje de su casa, se llevó por delante una cortadora de césped que dejó mi Ford Fiesta sin luces. Naturalmente, le echó la culpa a que mi coche no tenía una buena dirección y que no giraba bien...

La casa estaba helada, algo que se solucionaría en cuanto encendiera la caldera y la calefacción comenzase a funcionar. En la nevera sólo había cervezas, que era lo último que me apetecía beber con aquel frío. Me senté en el sofá con el abrigo puesto mientras mi novio manipulaba la caldera de gas para ponerla en marcha. Decidí encender la tele, pero la antena tampoco estaba conectada y sólo se veía La 2 con muchísima niebla: estaban echando una película en la que se intuía la cara de Imanol Arias. Una media hora después y a punto de quedarme dormida, con la capucha del abrigo puesta, Roberto me dijo que por algún motivo desconocido la caldera no se encendía. Pensé en irme, pero ya que estaba allí respondí a los besos de Roberto y decidí seguir adelante. Subimos a su habitación en la planta de arriba y nos tumbamos en la cama de noventa que tenía desde niño. Todo estaba decorado con pósteres, bufandas y banderines del Real Madrid. Nos desnudamos para meternos en la cama, aunque me dejé las bragas y la camiseta interior. Él sí se desnudó del todo y yo me pegué a su cuerpo porque era lo único caliente bajo aquellas sábanas. Nos abrazamos con fuerza, nos besamos, y el frío, aunque no del todo, fue desapareciendo. Me puse nerviosa cuando me di cuenta de que ya no había vuelta atrás y yo misma fui la que me quité las bragas al ver que Roberto se estaba tomando más tiempo del necesario con los besos. A decir verdad, yo estaba deseando terminar con aquello y marcharme lo antes posible a un lugar con calefacción. Roberto me chupaba el cuello y me tocaba las tetas como el que agarra una pelota de béisbol antes de lanzarla. Cuando me buscó con su mano por debajo de las sábanas para tocarme más abajo fue todavía peor porque lo hizo sin ninguna delicadeza. Aun así, había llegado el momento y me dejé llevar. De rodillas en la cama, alcanzó de una estantería que había encima de nosotros un preservativo que se puso delante de mí. Fue la primera vez que le vi desnudo del todo, y ver su pene tan pequeñito y tan duro me relajó porque era más difícil que me doliera, aunque también sentí cierta preocupación porque llegué a temer que con ese tamaño no fuera suficiente para desvirgarme, que era lo que yo quería esa noche a toda costa.

Roberto se puso encima, dejando caer todo el peso de su cuerpo sobre el mío, y se dispuso a entrar. Recuerdo que cerré los ojos y a los pocos segundos tenía su pene pequeño y duro dentro de mí. No recuerdo dolor, más bien cierto escozor, y por supuesto ninguna sensación parecida al placer. Roberto se movió mientras posaba sus manos en mis brazos y me besaba el cuello. Ahí se pasó un rato, y, por algún motivo desconocido, creí que debía fingir que me estaba gustando. La fricción de su pollita, a consecuencia de mi sequedad, estaba aumentando la sensación de escozor, y mis gestos de incomodidad los interpretó Roberto como de placer. Casi al final, mi novio aumentó la intensidad y con el vaivén de la estantería se descolgó un banderín del Real Madrid, que cayó sobre la cabeza de Roberto con tal precisión que el cordoncito le entró por la cabeza haciendo que la tela blanca con el escudo de su equipo le tapase la cara justo cuando llegaba al éxtasis. A mí me entró la risa al leer «Hala Madrid» pegado a mi cara al tiempo que él terminaba con un grito de placer que a mí me resultó un poco forzado.

En los siguientes casi tres años en los que Roberto y yo estuvimos saliendo, el sexo no fue mucho mejor que aquella primera vez. Casi tres años saliendo con un chico que no me gustaba físicamente, con un mediocre que se creía el centro del universo, con alguien que ni siquiera terminaba de respetarme y que para colmo era un desastre en la cama. Lo más triste es que durante esos tres años no fui capaz de dejarle porque sentía que le necesitaba. Se acabó cuando Roberto quiso y me da miedo pensar que si no llega a dejarme él a mí yo no hubiera sido capaz. Así de absurdo y así de real. Me ruboriza sólo el hecho de recordar mi estupidez alimentando tanto tiempo el ego de aquel idiota del que me acuerdo cada vez que juega el Real Madrid.

Su ojo de cristal preside mi salón. Lo tengo en una caja plateada que cierro o abro dependiendo de si me apetece tener a mi madre más o menos presente. Y hablo con él, como si fuera ella en su totalidad. Mi madre está muerta y el ojo nunca tuvo vida, pero tener cerca ese trozo de cristal me acerca a ella.

Hemos contratado a otra cocinera en El Cancerbero porque mi abuela y Loli solas no dan abasto en la cocina. Además, a todos nos cuesta mucho esfuerzo movernos desde que mi madre no está, la tristeza nos ha hecho lentos. Espero que poco a poco vayamos recuperando la rapidez que se necesita para aguantar el ritmo frenético que tiene el bar a la hora de la comida. La nueva cocinera está en pruebas, aunque estos días se está desenvolviendo muy bien con los menús y según Loli la chica vale mucho. Mi abuela es más reservada porque Akanke, que así se llama, es negra. Se supone que mi abuela no es racista, pero tener a una mujer negra en la cocina no termina de darle mucha seguridad. Y si no queda más remedio que aceptar que esté en la cocina, lo mejor es que no salga.

—¡Eso es racismo! —me enfado con mi abuela.

—No es racismo, pero es que siendo tan negra no da buena imagen.

Akanke es muy negra, en eso sí lleva razón mi abuela. De esas personas que su color se vuelve casi azulado. Nació en Mali y llegó a España hace más de veinte años, cuando ella tenía diez. No sé mucho más, salvo que tiene la nacionalidad española y habla perfectamente castellano, aunque con un poco de acento francés, que es el idioma en el que murmura mientras cocina. El significado de su nombre, Akanke, me contó que tiene que ver con el amor.

Lentamente vamos recuperando la normalidad en El Cancerbero, aunque a veces la ausencia de mi madre es demasiado poderosa. Los clientes más habituales han sido muy tolerantes las primeras semanas en las que nada funcionaba bien, había demasiados errores con los menús y bastante lentitud. Akanke ha ayudado bastante a mejorar las cosas.

Desde que volvimos a abrir después del entierro, está viniendo a comer un hombre que me resulta familiar. Es de esas personas a las que crees conocer, pero no sabes de qué. Es guapo, más o menos de mi edad, y con ese aire que tienen los chicos de familia con dinero. Salvo elegir los platos de cada día, apenas si ha pronunciado ninguna palabra. Siempre viene solo y me inquieta, porque desde que llega hasta que se marcha no para de mirarme.

—¿Nos conocemos de algo? —decidí preguntarle ayer, después de una semana entera sin cruzar palabra.

—No, que yo sepa.

—Es que tu cara me suena —le confesé.

—¿No cstarás intentado ligar conmigo? —me dijo bromeando.

—Yo no hago esas cosas cuando estoy trabajando —intenté bromear yo también, pero me salió cortante.

—Lo entiendo perfectamente, Candela.

—¿Por qué sabes mi nombre?

—Lo he escuchado a los clientes. Te llamas Candela, ¿verdad?

A mi abuela le ha dado por estar enfadada en vez de triste, y Loli se pone a llorar desconsoladamente dos o tres veces al día por cualquier tontería. Ayer, por ejemplo, casi le da un soponcio porque se había acabado la leche desnatada.

A mí se me ha quitado el hambre desde que volvimos del pueblo de enterrar a mi madre. Sólo como cuando me acuerdo, porque tengo una presión en el estómago que hace que nunca me entre apetito. El otro día el inspector Cifuentes me dijo que me estaba quedando muy delgada cuando le estaba tomando nota de la comida. Lo soltó con su voz amplificada y lo escuchó todo el restaurante, como todo lo que sale de su boca. Yo creo que empezaré a comer cuando logre llorar todo lo que quiero, pero de momento no soy capaz. En eso envidio a Loli.

Matías viene a tomar café cada mañana de servicio con su uniforme. Me ha propuesto quedar algún domingo en casa de su madre o, si no me apetece, me invita al cine para ver la película que yo quiera. Matías carece de pasión, nada de lo que hace es sorprendente, ni siquiera al proponerte un plan se intuye la más mínima diversión. No sé por qué me acuesto con él, será simplemente por no decirle que no cuando llevamos mucho tiempo sin hacerlo y creo que ya nos toca. Sé que suena horrible, pero lo hago por no quedar mal con él. Tal vez su falta de pasión se deba a la ausencia de la mía, pero no soy capaz de encontrarla. De momento, tengo la excusa de la tristeza por la muerte de mi madre y tardaré más tiempo en aceptar la invitación de Matías. Ni siquiera para ir al cine.

Chelo ha vuelto a mi casa, aunque algunas noches se sigue quedando con Fermín. Mi abuela de vez en cuando me pide que me vaya a dormir con ella, así que se la dejo a mi anciano vecino, que se la queda encantado. Chelo también lo está y a veces sospecho que prefiere la compañía de Fermín a la mía. Es algo que me pone celosa y me entristece, pero creo que la perra siente que Fermín la necesita más que yo y ser útil la pone contenta. Ésa es mi interpretación, que lo mismo me meto en la cabeza de mi perra como hablo con el ojo de mi madre como si ella estuviera en el salón.

—¿Tú también me ves más delgada...? Hasta Cifuentes me lo ha notado... Ya sabes que casi no me podía abrochar estos vaqueros y mira ahora, que me quedan anchos...

A mi madre le gustaría Akanke, estoy segura. Incluso he fantaseado con subirla a casa algún día y ponerla delante del ojo sin que se dé cuenta para que la vea. Y si todavía no lo he hecho es porque no se me ha ocurrido ninguna excusa para invitarla a mi casa. Por cierto, mi abuela a Akanke la llama Ankagua, creo que porque Ankagua era algo que decía Tarzán en las películas antiguas, que ella asocia por algún motivo con nuestra cocinera negra. Me ha parecido escuchar a mi madre reírse cuando se lo contaba.

Son casi las cinco de la tarde y el chico que no para de mirarme desde hace días todavía no se ha levantado de la silla. Hasta Fermín se ha marchado después de tomarse su limoncello.

—¿Me pones otro igual?

Es el segundo *gin-tonic* que me pide después de dos postres y dos cafés.

—¿Hoy no tienes prisa? —le pregunto mientras termino de barrer el comedor.

—No, hoy no.

—Pues yo estoy deseando ir a echarme un rato la siesta.

—¿Cerráis ahora? —me pregunta, sorprendido.

—No, se queda Iván en la barra. Por la tarde hay menos gente.

—¿Iván es el de los ejercicios? —quiere saber, mientras se ríe.

—Sí, ese —asiento, resignada.

Efectivamente, Iván acaba de hacer el pino sobre una silla que sólo apoya en el suelo con dos patas y yo le he llamado la atención.

El tipo me mira mientras le sirvo el segundo *gin-tonic* de Seagram's, que también es mi ginebra favorita.

—Dicen que esta ginebra da menos resaca —me explica.

—Eso he oído yo también —le contesto—, pero supongo que no será verdad.

—Yo sí lo creo, pero a lo mejor es sugestión —comenta sonriente.

Definitivamente, el hombre es guapo, y aunque el otro día me dijo que no nos conocíamos, su cara me sigue resultando familiar.

—¿Trabajas por aquí?

—¿Otra vez queriendo ligar conmigo? —se ríe.

La verdad es que tiene una sonrisa preciosa, de las que inspiran confianza.

—¿No será al revés? Porque desde que entras por el restaurante hasta que te vas no paras de mirarme.

—¿Tanto se nota? —dice, un poco cortado.

—Sí, la verdad.

—Es que quiero hablar contigo y cada día me marcho sin atreverme.

De repente se ha puesto un poco nervioso, se le nota. Y yo también.

—¿Podrías servirte uno tú también? —me propone, señalándome su vaso.

—No suelo tomarme copas con los clientes.

—Mi nombre es José Carlos y soy el hijo de Benito.

Según pronuncia ese nombre se me quitan las ganas de seguir hablando con él.

—¡No quiero saber nada de ese hombre!

—¿Podrías sentarte? —me dice en tono de súplica.

—Pero ¿tú a qué has venido? —le pregunto, nerviosa.

—A hablar contigo.

Estoy segura de lo que pasó, a pesar de que mi memoria no pueda elaborar un recuerdo nítido. Era demasiado pequeña. Sensaciones, un olor característico, un susurro de su voz en mi oído pidiéndome silencio y su mano por debajo de mi ropa y la mía dentro de su pantalón. Siento que me ahogo cuando llegan a mi mente esas imágenes. Al mirar a la cara a Benito en el funeral de mi madre sentí aquella manera de tocarme, su olor, su voz y mi angustia. No fue sólo una vez, fueron muchas. Lo sé. Y cuando pienso en esa niña que era, me invade una inmensa pena y mucho miedo.

—No quiero hablar contigo —me reafirmo, mirando al chico.

—Candela, siéntate. Creo que deberías saber algo.

—El que deberías saber cómo es tu padre eres tú... —me resisto a escucharle.

—Le conozco bien y estoy seguro de que tienes motivos para odiarle, pero... —El chico se para en seco. Y le da un trago grande a su *gin-tonic* antes de continuar—: Candela, yo soy tu hermano. Benito es tu padre.

No tengo amigas. Y amigos tampoco. No sé por qué, pero no los tengo. Me doy cuenta ahora de que no puedo contarle a nadie algo tan importante. Siempre me resultó difícil la amistad, esa de la que algunas personas presumen, de la que se escribe en libros y sale en las películas. Tuve algunas amigas en el colegio y más tarde en el instituto, pero luego cada una crece de una manera, se interesa por cosas distintas y el cariño se convierte en distancia. Recuerdo a Conchita, una niña del colegio con la que siempre jugaba en los recreos y nos sentábamos juntas en clase. Con ella estaba a gusto, simplemente me sentía bien, y compartíamos confidencias y el bocadillo del recreo. Por algún motivo desconocido, el que le hacía su madre siempre estaba más rico que el mío... A mí me vino la regla un poco antes que a ella y eso hizo que Conchita me envidiara, haciéndome preguntas sobre cómo me sentía que yo no sabía contestar. Daba igual, porque tener la regla me convertía frente a mi amiga en alguien muy importante. A los dos meses le vino a ella y dejó de ser un tema de conversación.

Me acuerdo de Conchita, como ella se acordará de mí, pero después de acabar el colegio cada una se fue a un instituto distinto y no nos volvimos a ver. En el mío conocí a Isa y a Cris, con las que empecé a ir a las discotecas, beber las primeras copas, besar a los primeros chicos y hasta irnos de compras juntas. Ese momento no era de mis preferidos porque cuando nos probábamos pantalones vaqueros yo me empeñaba en pedir la misma talla que ellas, con la diferencia de que a mí no me abrochaban. Era frustrante decirle siempre a la dependienta que me sacara una talla más... Bueno, mejor dos tallas más. El caso es que Isa y Cris estaban más unidas entre ellas que conmigo, eso se nota. No hubo ninguna discusión en concreto que nos hiciera distanciarnos, al menos yo no la recuerdo, pero cuando dejé de salir con ellas no creo que me echaran de menos.

A lo mejor no tengo amigas porque no sé lo que hay que hacer para tenerlas. Es posible que no sea lo suficientemente generosa o que no me entregue del todo, que no me abra para compartir mis sentimientos o, lo que es peor, que la mayoría de personas no me provocan un excesivo interés. Puede ser que me cueste querer de verdad. O también es posible que la culpa no sea sólo mía. El caso es que me siento sola y tengo ganas de llorar.

He pensado irme a la playa o a alguna ciudad fuera de España una semana, desaparecer de El Cancerbero y reflexionar, pero eso me dejaría aún más sola. Y más enfadada con mi madre muerta, que nunca me contó la verdad.

Con mi abuela sólo he intercambiado una frase antes de dejarnos de hablar, no sé por cuánto tiempo.

—¿Por qué nadie me lo dijo? —le grité.

—Eran otros tiempos —dijo con la voz entrecortada.

Y las dos nos pusimos a llorar. Yo de impotencia y ella de pena, me dio la sensación.

Matías me ha propuesto cenar en un restaurante en el centro, alejados del barrio. Me lo dijo ayer mientras desayunaba en el bar. Le vi contento, más de lo normal. El restaurante, dice, sale en las guías de los mejores de Madrid y me ha dicho que me ponga elegante. No le pega nada una propuesta semejante y además me ha insistido en que lo pasaremos bien. Yo lo dudo y seguramente acabaremos echando un polvo insustancial en su casa, si no está su madre, o en la mía, en la que no está Chelo, que una noche más se va a quedar con Fermín.

Me sentía extraña viajando en metro tan arreglada, así que he decidido coger un taxi, que me deja en la misma puerta. Hay muchos coches que los clientes dejan en doble fila y les dan las llaves a unos chicos para que se los aparquen. Si hubiera sabido que había aparcacoches me lo hubiera traído, aunque sólo fuera por experimentar esa sensación de dejarlo en la puerta y que me lo aparquen. Ya sé que es frecuente en este tipo de sitios, pero a mí me sigue pareciendo algo muy de película. Al entrar, una señorita me ofrece guardarme el abrigo y me pregunta por mi nombre.

—Candela —le respondo.

—¿Apellido? —se desespera.

—Guerrero.

—¿Puede que la reserva esté a otro nombre? —me dice, cortante.

—¿Matías? —digo, temerosa.

—El apellido, señorita, por favor. ¿Matías qué?

—No tengo ni idea del apellido de Matías —le confieso.

—¡Vaya!

—Pero tampoco creo que tenga usted a muchos Matías que hayan reservado esta noche —le digo, sacando el genio.

—¡Salmón! ¡Matías Salmón! —interrumpe mi acompañante—. ¡Siento llegar tarde!

—No te preocupes, yo acabo de llegar. —Nos damos dos besos.

—¡Acompáñenme! —nos dice la señorita con dos cartas en la mano.

—¿Te apellidas Salmón? —le pregunto, sorprendida.

—¡Sí, hija! —afirma, sonriente.

—¿Y de segundo?

—Cebollero.

—¡Joder! —exclamo mientras se me escapa una risa infantil.

Pasamos un rato riéndonos sobre las bromas que Matías ha sufrido a consecuencia de sus apellidos. Desde niño hasta en la policía. Está guapo esta noche. Y distinto. Lleva una camisa azul claro y le ha sentado bien no haberse afeitado. Me cuenta que hay muy pocos Salmón en España y que la mayoría se lo cambian por Salmon, sin tilde, que queda más británico. Pedimos un menú degustación que hay en la carta y que se me antoja carísimo, pero que es apetecible por la descripción de los platos. Matías pide vino blanco, que me deja probar a mí.

—¿Cómo estás? —me pregunta, sin abandonar su sonrisa.

—Esta noche estoy contenta.

—Estás especialmente guapa, no te lo había dicho todavía.

—Tú también.

—Últimamente te veo rara y sé que te ha pasado algo.

—No quiero hablar de eso.

—¿De qué?

—De lo que me pasa.

—Candela, tú sabes que puedes contar conmigo para lo que quieras.

—Lo sé, Matías, pero estoy bien. No pasa nada.

—Brindemos, entonces —me dice, alzando su copa en busca de la mía.

—¡Por nosotros!

La noche avanza a medida que nos van sirviendo raciones diminutas, una detrás de otra. Todo está buenísimo y de cada uno de los platitos apetece repetir. El vino nos lo estamos bebiendo demasiado deprisa y todo nos empieza a hacer gracia. Es posible que nos estemos riendo demasiado alto.

—¿Tú sabes que te quiero? —me pregunta, brindando una vez más, y he perdido la cuenta.

—Claro que sí, Salmón, claro que sí —respondo, sin poder contener la risa.

—¡Qué hija de puta! —me dice, riéndose él aún más.

La botella se ha acabado definitivamente.

—¿Cuántos platitos quedan? —le pregunta Matías a la camarera.

—Estamos en la mitad del menú.

—Pues ponga otra botella —se anima mi acompañante.

—Esto nos va a costar una fortuna —me entra la sensatez.

—No importa. Hoy va a ser una gran noche.

Matías me cuenta que tiene la intención de prepararse las oposiciones para ascender en la policía y dejar definitivamente el uniforme. Los requisitos, me dice, no son fáciles, pero yo le animo. Me gusta que la gente mejore, ojalá yo pudiera hacerlo.

—¿Por qué te acuestas conmigo? —me pregunta Matías de repente.

—Supongo que me gustas —le contesto, dudando.

—¿Disfrutas conmigo en la cama?

—¡Qué pregunta! —no sé muy bien qué decir.

—¿Te parezco un buen amante? —insiste.

—Creo que te falta pasión.

—Tienes razón.

—A lo mejor es que yo tampoco te gusto.

—Candela, eres mi amiga. Mi mejor amiga. —Se nota sinceridad en sus palabras, pero sobre todo en su mirada—. Mi vida no es fácil —continúa—. A veces me ahogo y me gustaría escaparme de mi casa, del barrio, del trabajo, de la ciudad.

—Así llevo yo unas cuantas semanas —me sincero.

—¿Me vas a contar por qué o no?

—Mi padre no era mi padre. Mi padre es un hijo de puta que abusó de mí.

La frase me sale seguida, escupida. Matías me coge de la mano y yo me echo a llorar. El resto de mesas cree que somos una pareja discutiendo. Le cuento todo, tal cual fue. O tal cual yo lo recuerdo. De la manera que me enteré y cómo me siento. Le hablo de las ganas de vomitar que me producen esas imágenes que vienen a mi mente..., pero también de esa horrible sensación de culpa que me causa recordar que había algo de placer en aquello que me hacía. Eso me destroza, porque hace que me desprecie a mí misma. Hablo un rato largo, despacio. Él escucha, bebe y va rellenando también mi copa.

—Pienso en la sangre —le digo—, es algo que me obsesiona.

—¿En la sangre? —se sorprende.

—En la sangre, en los genes. Tengo la misma sangre, el mismo ADN que Benito.

—No te tortures con eso —me consuela.

—Y encima me gano la vida gracias a él... Me siento culpable por ir cada día a trabajar a ese bar. Creo que es una manera de aceptar lo que pasó, de admitirlo.

El llanto me hace sentir mejor. Y noto a Matías cercano, me está gustando confesarme con él.

—Me gustaría pasar esta noche contigo —admito, secándome las lágrimas con la servilleta.

—Eres una mujer maravillosa.

De repente tengo ganas de besarle y él me corresponde de manera tierna. Nos pedimos dos *gin-tonics* en la misma mesa. La verdad es que el alcohol no se me ha subido mucho, o eso creo, aunque seguro que ayuda a que en este momento me sienta tan a gusto. Veremos después. Cada vez van quedando menos mesas llenas en el restaurante.

—Matías, antes no me has contestado si realmente te gusto.

—Te he propuesto cenar hoy para hablarte de eso precisamente, aunque comparado con lo que tú me has contado...

—¿Qué querías decirme? —me puede la intriga.

—Creo que me gustan los hombres.

—¿Los hombres?

—Sí, los hombres. He estado con uno... Bueno, sigo estando.

Debería estar enfadada. O sorprendida. O sentirme engañada, pero no me siento así. Es más, ahora entiendo muchas cosas.

—¿Lo sospechabas? —me pregunta.

Tengo que pensar un momento la respuesta...

—En realidad, sí.

—Me ha costado asumirlo —me reconoce—, quizá aún no lo he hecho del todo.

—¿Es la primera vez? —le invito a que me cuente.

—La primera vez que me atrevo.

—Y ¿qué tal?

—¡Uf! Ni te lo imaginas —sonríe, poniéndose un poco colorado.

—¡Joder, qué envidia! —exclamo, sonriendo.

—¿Me perdonas?

—¿Por qué?

—Por haber sido un amante tan pésimo... Ahora me doy cuenta.

—¡Me alegro tanto por ti!

—Estoy deseando que le conozcas...

—Bueno, pero no le digas todavía que te apellidas Salmón, que te deja —le advierto, sonriendo.

—Ya se lo he dicho, y ahí sigue...

—Sin duda, es el hombre de tu vida. —Nos reímos los dos.

Hacía tiempo que no me lo pasaba tan bien, que estaba tan a gusto, que no era tan sincera y, sobre todo, hacía mucho tiempo que no me sentía tan necesaria. De vuelta en el taxi, sola, vuelvo a llorar una vez más. Esta vez es de emoción por descubrir que sí tengo un amigo.

Akanke se ha quedado definitivamente con nosotras. Ha pasado el periodo de pruebas y le hemos hecho un contrato. Las últimas semanas, además de estar en la cocina, me ha ayudado a servir mesas y alguna tarde se ha encargado de la barra. Akanke es una mujer llamativa y no sólo por su color. Es alta, guapa, de rasgos fuertes y con un cuerpo de negra cuando las negras tienen buen cuerpo. Cuando sale a atender en la barra y se quita el uniforme blanco con el que ayuda en la cocina, suele llevar unos *leggins* que marcan su figura, de la que sale un culo que según se lo miras más lo envidias. O lo deseas, depende. Cada vez que Akanke se da la vuelta para manipular la cafetera, los clientes escrutan su anatomía de manera que parece que se les van a salir los ojos. No es irrespetuoso, es simplemente inevitable no mirarla. Ella no lo potencia, pero lo sabe. Y creo que le gusta.

Akanke es muy prudente, todavía no nos ha preguntado ni a mi abuela ni a mí por qué no nos dirigimos la palabra más allá de lo necesario para que los menús salgan a tiempo a las mesas o que cuadre la caja al cerrar. Loli y ella han congeniado bastante, por lo que supongo que le habrá puesto al día de todo. Loli es la única que conserva la alegría en El Cancerbero en su empeño por mantener la normalidad en la cocina, regaña a Iván, hace bromas y sigue hablando de los hombres sin complejos. Hace meses que Cifuentes no le hace caso y eso todavía la excita más. Seguramente el inspector se ha cansado de ella y Loli lo acepta con resignación, pero con la esperanza de que algún día vuelva a proponerle pasar algún rato juntos. Hay muy pocos hombres como ése, dice siempre. Lo sabe por experiencia. Yo, por el contrario, no sé muy bien de lo que habla y, aunque últimamente no pienso demasiado en sexo, me encantaría tener suerte con el siguiente amante con el que me cruce. De una vez por todas.

Iván se ha apuntado a un curso de cocina. La excusa es ayudarnos en el restaurante, pero en realidad quiere participar en un concurso de televisión y hacerse famoso. Es algo que lleva intentando desde hace mucho tiempo. Se ha presentado a todos los *castings* de *Gran Hermano* y de algunos concursos de talentos sin pasar nunca de la primera ronda. Sólo una vez estuvo a punto en un programa en el que admitían gente con distintas habilidades, desde el canto, a la magia o artistas de circo. A él se le ocurrió ir a hacer una exhibición de artes marciales, las mismas que hace en el bar, pero coreografiadas con música de reguetón. Eso que hacía le interesó a una de las chicas que seleccionaba a los concursantes que podrían pasar a la siguiente ronda que ya se emitiría en televisión. Esa chica avisó al responsable del *casting* para que viera a Iván haciendo kárate al ritmo de la música, pero justo cuando comenzó la actuación llamaron por teléfono a aquel señor, que comenzó a dar voces por el móvil. Iván no sabía si parar o seguir, y tanto se desconcentró con los gritos de aquel hombre que en uno de los ejercicios calculó mal y se cayó de una manera muy ridícula. El señor dejó de dar voces, le miró con cierto desprecio y se marchó de allí sin despegar el teléfono de su oreja: «Por culpa de aquella llamada no soy ahora famoso», se lamenta siempre.

Ahora, con la cocina, está seguro de que lo logrará, aunque todas nos tememos que Iván va camino de una nueva frustración en su carrera televisiva. Va a clases una vez a la semana en un curso del ayuntamiento, pero según lo que nos cuenta, o el curso no es muy bueno o él no entiende lo que se le dice.

—En la cocina hay que ser creativos —afirma.

—¿Creativos? —pregunta su madre, incrédula—. A ver, ¿qué es un puerro? ¿Y un apio? ¿Sabrías diferenciarlos?

Iván duda, así que contesta con una frase que se nota mucho que no es suya. La ha debido de oír en el curso.

—La cocina es una expresión artística.

—¿Expresión artística? —dice Loli con tono compasivo—. ¡Mi coño moreno es una expresión artística!

—¡Loli, por Dios! —le llamo la atención, sin poder contener la risa.

Aparte del curso de cocina, Iván tiene una nueva novia. Se llama Lorelain y es exactamente la chica que le pega. Rubia de mechas puestas unas encima de las otras, que le dan al pelo un color tostado de aspecto poco saludable. Las cejas depiladísimas que remarca con lápiz, los labios casi siempre los lleva de color rosa intenso y la cara maquillada mucho más de la cuenta. También es excesivo su pecho operado, que luce con generosos escotes. La naturaleza la dotó de un buen cuerpo y el gimnasio y el quirófano han hecho el resto, así que Lorelain lo aprovecha para llevar siempre unos vaqueros ajustadísimos que no le pueden quedar mejor. A veces pienso que tengo cierta obsesión con los culos de las chicas, y puede que sea verdad, porque creo que cambiaría la mayoría de las cosas que poseo por tener un cuerpo en el que los pantalones me quedaran así. Sé que no es lo más importante en la vida, pero mirarte de espaldas en un espejo y que te guste lo que ves es una sensación para mí desconocida.

Lorelain e Iván tienen también en común su deseo de ser famosos, aunque ella ha estado mucho más cerca. Lorelain sí pasó varias fases en los *castings* de *Gran Hermano* y en una de las ediciones, la octava o la novena, fue elegida como reserva por si alguno de los concursantes fallaba antes de entrar. No falló ninguno, pero ese estar tan cerca de triunfar la hace especial a los ojos de Iván. Se les ve muy enamorados, y a Loli le gusta Lorelain, a la que ya llama nuera, a pesar de conocerla desde hace sólo un par de meses. Creo que se ve reflejada en ella hace unos cuantos años. Yo también creo que se parecen, sobre todo en las formas, porque Lorelain no es, lógicamente, una mujer sofisticada por su manera de hablar. Es basta, aunque también es muy graciosa, seguramente porque habla sin filtros. Lorelain e Iván se conocieron mientras ella le depilaba. Ella es esteticién en un centro de estética.

—El mejor del barrio —dice con orgullo—. Los otros son de chinas.

A Loreain, al contrario de lo que yo podía suponer, no le gusta que le llamen Lore, porque dice que ese diminutivo suena un poco choni. Empezó haciendo pedicuras y manicuras, pero pronto comenzó a depilar. Dice que le encanta, le es indiferente a hombres o mujeres.

—Así conocí a Iván —cuenta, descarada—. Le depilé enterito, ni un pelo le dejé.

—¿El primer día? —pregunté por preguntar.

—Claro, es mi trabajo.

Iván escucha la historia que Lorelain nos explica como si fuéramos amigas de toda la vida a Loli y a mí cuando ya casi no queda nadie en el restaurante después de los menús.

—Hasta el culo se lo dejé como el de un bebé.

Yo me ruborizo y creo que se nota en la cara, pero ni ella ni Loli sienten ningún reparo. Iván se ríe por compromiso.

—Así que cuando llegó la hora de enseñarme sus cosas, yo ya se las había visto todas desde el primer día —se ríe al mismo tiempo que su suegra.

—Claro, claro —digo yo un poco tímida.

—Y ya sabes que para depilar el ano —continúa con una naturalidad desconcertante— hay que poner el culo en pompa... y claro, cuando es un hombre se le queda ahí todo colgando... Una vez visto eso, ya no te queda nada por ver.

Iván se sigue riendo bastante avergonzado, yo no sé dónde meterme y Loli sentencia con orgullo:

—Es que mi Iván tiene un culo precioso.

Hace semanas que no saco de la caja el ojo de mi madre. Teniéndola encerrada creo que la castigo. Si abro la tapa, la libero y puedo hablar con ella. Su ojo es mi madre entera. Me mira y la miro, lo siento así. Si no fuera porque la necesito me gustaría tirarlo a la basura y acabar con ella de una vez por todas.

—Hasta para morirte has sido inoportuna.

—Una no elige cuando se muere.

—Tú lo hiciste justo antes de que me enterara de quién era mi padre.

—Me caí colgando las cortinas, ya lo sabes.

—Nadie se debería morir de una manera tan absurda.

—Da igual el cómo, el caso es que estoy muerta.

—Y yo sola.

—Es peor estar muerta.

—A veces no estoy tan segura.

—No hay nada peor que morirse, te lo digo yo.

—Cuando estabas viva no pensabas lo mismo. Muchas veces decías que era mejor morirse.

—Lo decía porque todavía no me había muerto.

—En esta familia nadie se muere de manera normal. El que creía que era mi padre se ahoga en una tubería de la cárcel, al abuelo lo atropella un camión, tú te mueres porque te caes de una silla...

—No me dolió, fue fulminante.

—¿Por qué no me contaste que Benito era mi padre?

—Pensé que tener un padre así te haría daño.

—Pues el que me dijiste que era mi padre te dejó tuerta de una paliza y además era imbécil.

—No supe elegirte un padre, ni siquiera el que me inventé.

—Podrías haberme dicho que era hija de un hombre maravilloso, que murió de alguna manera heroica...

—No se me ocurrió.

—Siempre te faltó imaginación.

—Tener imaginación es propio de gente feliz.

Siempre he sentido curiosidad por saber lo que se siente teniendo un hermano. Me pasaba, sobre todo, cuando era niña. Y no sentía esa curiosidad desde la envidia, más bien todo lo contrario. Las niñas de mi barrio o de mi clase con las que jugaba tenían hermanos o hermanas y a mí me parecía un castigo tener que compartirlo todo. Las muñecas, la ropa, el espacio y el cariño. Yo envidiaba muchas cosas de las otras niñas, pero no tener hermanos me parecía una ventaja. Una se acostumbra desde niña a tener hermanos como se acostumbra a no tenerlos. Quien los tiene no concibe no tenerlos y de manera idéntica sucede al contrario.

Ahora, con más de cuarenta años, de repente tengo dos. José Carlos y Araceli, los hijos de Benito. José Carlos fue el que vino a contarme que era mi hermano y a Araceli todavía no la conozco. Le he dado vueltas a encargar una prueba de paternidad, pero sinceramente no tengo ni idea de lo que hay que hacer, dónde acudir, con quién hablar. Me suena a programa de televisión, a revistas del corazón, a un glamur demasiado alejado de mi realidad gris. La gente quiere demostrar quién es su padre, pero quién querría tener un padre como el mío. Al menos, yo no. Si me hiciera esa prueba sería con el deseo de que su resultado fuera que no tengo la misma sangre que Benito. Y sé que eso no pasará. Es mi padre, lo sé. Y le odio...

Y me odio a mí cuando lo pienso, cuando su recuerdo me hace vomitar. Hay algo que me destroza, que me avergüenza, que no se puede admitir, ni siquiera a mí misma frente al espejo. Siento un calor sofocante cuando esa sensación vuelve a mi mente y recorre mi cuerpo. Me gustaba. Su mano entre mis piernas de niña, me gustaba. Quiero borrar de mi mente aquella sensación, prefiero la del odio y la del asco. Aquel placer está guardado en alguna parte de mí y su recuerdo es un castigo del que no puedo escapar.

No guardo en mi memoria ningún momento de mi infancia con Benito, no recuerdo cómo sucedía; en ocasiones creo que es mi imaginación la que reconstruye los hechos, cuyos detalles no sé si son ciertos o inventados. Mi madre no estaba, yo siempre me veo en el diminuto cuarto de estar de la casa con las paredes empapeladas en colores beige, marrones y naranjas. Una lámpara verde de plástico y un sofá gris oscuro. Y su olor, que al entrar impregna toda la casa. Me lleva de la mano al cuarto, estoy sentada en los pies de la cama y él delante de mí, de pie. Está vestido, pero acerca mi cabeza hasta su entrepierna y su respiración aumenta al rozarse con mi cara. Me hablaba, pero no sé lo que me decía, su mano me acariciaba y yo no me quería ir. Me atormenta sentir que no me quisiera ir. Él respiraba cada vez más fuerte hasta que su voz grave, casi ronca emitía el último suspiro. Después todo acababa hasta la próxima vez, supongo. Como supongo que me diría que ése era nuestro secreto, tampoco lo sé. Todas las veces las recuerdo como si fueran la misma, por muchas que hubiera. Idéntica sensación, sin detalles, ni relato. No sé cuándo Benito desapareció de mi vida para no volverle a ver hasta que, después de morir mi madre, recuperé su rostro, su olor, su respiración, sus manos, que me dan asco y me llenan de culpa.

Y ahora vienen a mi vida dos desconocidos, dos hermanos que quieren recuperarme, me dice José Carlos. ¿Y por qué ahora? ¿Qué quieren de mí? ¿Acaso me necesitan? ¿Creen que yo les necesito? ¿Alguien quiere liberar su conciencia? No lo sé, me da igual. No les quiero, no les conozco, son el pasado que además nunca existió. Quiero seguir con mi vida.

Yo ni siquiera necesito olvidar, me basta con no recordar.

—¡Te estás quedando muy delgada!

Ésta es una de las frases que más oigo en los últimos meses. Una frase que he deseado escuchar toda mi vida sin lograrlo y que ahora se repite cada vez que alguien me ve después de algún tiempo o, como en el caso del inspector Cifuentes, que me la dice todos los días cuando le sirvo la comida.

—Es que estoy a dieta, que no falta mucho para el verano.

Cifuentes está comiendo con los compañeros de siempre, todos policías de menor rango. Nadie, aunque no les conociera, podría dudar de quién es el jefe.

—Pues ya me la pasarás, que a mí me empieza a hacer falta —dice, sonriendo y echándose mano a la cintura.

Fermín también aparece vestido muy primaveral, con su pantalón de mil rayas azul clarito y unos zapatos de rejilla marrones. Lleva camisa blanca, una corbata azul marino con anclas pequeñitas blancas y una chaqueta de punto granate.

—¡Qué bonita corbata! ¿Es nueva?

—Me la regaló Agustina cuando cumplí sesenta años.

—Pues se la debería poner usted más, le sienta de maravilla.

—¡Gracias, Candelita! Hoy estaban muy buenas las judías verdes con tomate.

—Las ha hecho mi abuela.

—¡Qué mano tiene!

Fermín anda un poco triste desde que Chelo ha vuelto conmigo definitivamente. Él no me lo dice, pero sé que atender a mi perra hacía que se sintiera más útil. De vez en cuando me invento que yo no puedo sacarla porque tengo que hacer cualquier cosa y él se la lleva a dar un paseo por el parque. Se pasa mucho más tiempo del que Chelo necesita y cuando vuelve siempre miente diciéndome que no había forma de hacer que la perra volviera. Cuando Fermín deja a Chelo en mi casa, él vuelve a la suya como el adolescente que acompaña a su novia al portal y siente que se le hará eterno que llegue el día siguiente para volver a verla.

—Está diciendo todo el mundo que las judías estaban buenísimas.

—¡Gracias, hija! —me contesta mi abuela, sorprendida por mi amabilidad.

—Yo estoy deseando probarlas —dice Loli, que se sorprende por lo mismo.

—Es verdad que están ricas —corrobora Akanke—. Le salen muy bien, señora Remedios.

—¡Gracias, Ankagua! —se alegra mi abuela, que sonríe mientras manipula la freidora con más patatas.

—Akanke, señora Remedios... Me llamo Akanke.

—Bueno, eso.

—Pues yo creo que a algunos platos les deberíamos introducir trufa —interviene Iván.

—¿Trufa a las judías verdes con tomate? —le pregunta su madre, desafiante.

—¡Judías verdes con tomate trufadas! —insiste él con entusiasmo.

—¿Te has dado cuenta de que Cifuentes no para de mirarte? —me dice Loli, sin hacer ni caso a su hijo.

—Anda, calla —le digo, incrédula—. A quien mira es a Akanke.

—A Akanke también, pero te digo yo que contigo quiere algo.

—Yo también lo he notado —dice Iván.

—¡Qué tontería! —les contesto con ganas de creérmelo.

—¡Es que eres muy guapa! —me dice mi abuela, con miedo a no obtener respuesta.

—¡Tengo a quien salir! —replico, sonriendo, y me acerco a darle un beso.

Mi abuela deja la freidora y se gira para abrazarme. Supongo que seguiré enfadada o rabiosa. No lo sé, sólo siento que la necesito.

—Ya hablaremos, mi niña.

—¡Eso, que están las mesas llenas y faltan casi todos los segundos! —nos corta Loli, que tampoco disimula su emoción.

—¡Venga, Ankagua! —anima enérgica mi abuela—. No te quedes ahí mirando y saca platos.

—¡Ay, Señor! se resigna Akankc.

Me pone contenta ver el sol a través de los cristales de El Cancerbero. El calor ha llegado de repente y nos ha pillado un poco desprevenidos. Ayer mismo era necesario algo de abrigo, pero hoy como se está bien es en manga corta. Yo no he calculado esto al salir de casa y ahora no hay vuelta atrás. Llevo medias negras tupidas, falda de ante del mismo color y un jersey de lana con una camiseta interior. Al salir de la ducha pensé en ponerme una camisa, pero finalmente me decanté por este jersey que, además, no me puedo quitar porque la camiseta que llevo debajo no se puede enseñar. En cuanto se despeje un poco el restaurante subo a casa a darme una ducha y a cambiarme. Tendré que ponerme pantalones, porque para poder enseñar las piernas tengo que depilarme y que cojan un poco de color porque estoy blanquísima. Mañana es sábado y, si sigue así, voy a subir a la terraza a tomar el sol. Allí nadie me ve y es el mejor sitio para ponerme morena cuando empieza a cambiar el tiempo. Es lo que hago siempre.

Es posible que esta misma tarde vaya al centro de estética donde trabaja Lorelain, aunque no sé si me da vergüenza que me depile precisamente ella. La verdad es que me cae bien, me gusta escuchar su descaro cuando habla, y aunque no tenemos nada que ver la una con la otra, de vez en cuando se sincera conmigo. Ayer me contó que a Iván no le gusta que depile a más chicos, que prefiere que atienda sólo a las clientas y que a los hombres les depile alguna de sus compañeras. Ella dice que no le hace caso, aunque también dice que le entiende. Esa comprensión no me gustó demasiado, pero no somos tan amigas como para decirle que no consienta que Iván se meta en lo que hace.

—¡Estás un poco distraída! —me dice Cifuentes, mientras le sirvo una copa de pacharán.

—Estaba pensando en mis cosas —le contesto, sonriente.

—¿No tenéis el aire puesto? —me pregunta el inspector, abanicándose con la palma de la mano.

—Vienen hoy a cambiar los filtros y el lunes ya estará. Este calor nos ha pillado desprevenidos...

Cifuentes está solo en la mesa. Sus compañeros se han ido yendo y él se ha quedado tomándose la copa.

—Qué solo te han dejado.

—Sí, voy a tomarme la tarde libre. Es viernes, hay que aprovecharlo.

—¿No trabajas el fin de semana?

—Éste no. ¿Y tú?

—Mañana, sí. El domingo no.

Cifuentes me impone mucho. Su físico, sus formas, su voz fuerte, la dureza que transmite. Creo que nunca me hubiera fijado en un hombre así, que imagino tan inaccesible.

—Si mañana te tomas el día libre, te invito a comer —me suelta con una seguridad que me desconcierta.

—¿Cómo? —me sorprendo, y se me nota.

—Que mañana te invito a comer donde quieras. Si quieres nos vamos fuera de Madrid, conozco un sitio en Toledo que...

—¡Cifuentes! —le interrumpo—. Esto es una broma, ¿no?

—No es ninguna broma. Y por favor, llámame Tomás.

—Tomás, mañana trabajo.

—¿Y no puedes librar?

Sí puedo librar, bastaría con decirle a Akanke que se quede, o incluso bastaría con Iván y Loli. Mañana sábado no hay menús y apenas hay lío en los desayunos.

—¡No! Es imposible —le digo.

—¡Qué pena!

—Quizás otro día.

—De todas formas, apunta mi número y si al final puedes escaparte, reservo en ese restaurante de Toledo.

Yo también le doy el mío mientras se levanta para marcharse, y por primera vez me da dos besos antes de despedirse.

Ahora sí que realmente me ha entrado calor.

Loli dice que necesito ayuda. Han pasado demasiadas cosas difíciles de asumir en los últimos meses. No basta con las ganas de estar bien para superar la tristeza, a veces no todo depende de la voluntad. La muerte de mi madre, el regreso de Benito a mi vida, saber que es mi padre, tener dos hermanos de repente, estar enfadada con mi abuela... Puede que Loli tenga razón y sea demasiado para superarlo sin ayuda.

—Hay profesionales que se dedican a eso y no hay nada de malo en recurrir a ellos cuando se les necesita —me recomienda.

—No estoy segura de creer en los psicólogos.

—Yo tampoco —se ríe—. Estoy hablando de Veruska.

—¿Y ésa quién es?

—Una vidente. Dicen que van a verla muchos famosos y que algunos empresarios toman decisiones dependiendo de lo que ella les diga...

Loli tampoco ha ido, pero tiene el teléfono de la tal Veruska porque se lo ha dado alguien de la comisaría. Al parecer, le han consultado en algunas investigaciones de desaparecidos y Veruska les ha ayudado a conocer el paradero de algunos. O eso dicen.

—¡Buenos días! —me contesta una voz con acento francés—. Le habla Olivier, secretario personal de Veruska, ¿en qué puedo ayudarle?

—¡Hola! Me llamo Candela y me gustaría tener una cita con Veruska.

—El primer hueco que hay disponible es dentro de tres meses...

—¿Tres meses? —me sorprendo—. En fin, ya llamaré más adelante.

—¡Bueno, espere! —dice el hombre de acento francés cuando estoy a punto de colgar—. Precisamente ha habido una anulación y la señora Veruska podría atenderla mañana por la mañana

—Pero mañana es sábado.

—La prioridad de la señora Veruska siempre es ayudar a los demás.

Me apetece la experiencia. Y si es cierto que esa señora ve el futuro, y si puede influir para cambiarlo... Y si eso fuera verdad, que existe ese poder, que ella puede ayudarme a que las cosas me salgan mejor...

—Son ciento cincuenta euros —me advierte el secretario—, y no se admiten tarjetas, sólo efectivo.

Me he arreglado a conciencia para la cita con la vidente. Es algo que me ha hecho sentir un poco ridícula, pero es que realmente estoy nerviosa. Me abre la puerta un hombre guapo y alto.

—¡Buenos días! ¿Es usted Candela? —me saluda con acento francés.

—Sí, soy Candela.

—¡Olivier, encantado!

Olivier es bastante más joven de lo que me pareció por teléfono y desde luego mucho más guapo. Como carta de presentación de Veruska es inmejorable. Dan ganas de venir.

El piso en el que la vidente pasa consulta tiene algo de siniestro, a pesar de estar en uno de los mejores barrios de Madrid. No es muy grande y da la sensación de que el tiempo no ha pasado por ese lugar desde hace un siglo. Parece como si fuera un piso señorial en miniatura. Los muebles antiguos, como sacados de una serie inglesa, las paredes tapizadas en tela, los marcos de plata con fotos de estudio en las que sólo aparece una mujer, que supongo que será Veruska. Hay jarrones de porcelana, candelabros de plata, las cortinas de tela gruesa verde oscuro con apariencia de terciopelo, tan pesadas que parecen sostenerse como si fueran columnas en el suelo de tarima antigua que cubren unas alfombras en tonos granates. La poca luz que entra por las ventanas lo hace a través de unos rayitos de sol que iluminan las motas de polvo que flotan en la sala.

—¡Señora, ya puede pasar! —me dice Olivier desde la puerta con una sonrisa en la que muestra sus dientes blancos, que en esta ocasión se me antojan demasiado grandes y me recuerdan a la boca de un caballo. Esa imagen me hace gracia y se me escapa una risa más sonora de lo que me hubiera gustado—. ¿Le ocurre algo, señora? —me pregunta el secretario de Veruska, sin dejar de sonreír, algo que no ayuda a olvidar su cara de equino.

—Nada, son los nervios —contesto, con una sorprendente sinceridad.

Olivier me guía por un pasillito hasta que abre una puerta y me invita a pasar. Él se queda fuera y cierra desde ahí la puerta. Al fondo de la sala, sentada detrás de un escritorio, me saluda una señora rubia, la misma de las fotos, aunque mucho más estropeada y menos guapa.

—¡Soy Veruska! —Me ofrece su mano huesuda, sin levantarse de la silla.

—¡Candela! —le respondo, estrechándole la mía.

—Si quiere, puede grabar la conversación con su móvil porque algunas cosas de las que le diga ahora puede que no le suenen, pero más adelante podría comprenderlas.

Me da confianza esa seguridad. Saco el móvil de mi bolso y lo pongo encima de la mesa donde ella está manipulando una baraja del tarot. Sobre el escritorio hay un taco de folios en blanco y un rotulador rojo.

—Antes de empezar le haré algunas preguntas —me explica mientras se dispone a anotar en el folio.

—¿De dónde es usted? —me atrevo a preguntarle.

—Las preguntas las haré yo, si le parece —me responde con una sonrisa forzada.

—Disculpe —me asusto un poco—, es que al llamarse Veruska me la imaginaba a usted de algún país del Este, pero por su acento...

—Soy española.

—Y de La Mancha... —le digo para hacerme la simpática—. Albacete, ¿quizás? Conozco bien ese acento porque mi familia es de allí...

Es evidente que a Veruska no le ha sentado bien que adivinara de dónde era porque al mismo tiempo también sé que no se llama Veruska. Es imposible que una señora de Albacete con esa edad se llame así. La vidente se rehace y comienza a preguntarme datos sin demasiada importancia que va apuntando en el folio. Nombre, lugar, fecha y hora de nacimiento, dónde vivo... Va anotando todo en el papel, luego lo aparta en un extremo y comienza a manejar las cartas que va depositando encima de la mesa. Me doy cuenta de que desde hace un rato ha comenzado a llamarme de tú. Descubre las cartas y las recoge a una gran velocidad haciendo filas horizontales y verticales mientras me va diciendo todo seguido lo que ve en ellas. Yo casi no intervengo: «... Hay un hombre en tu vida muy importante para ti, ¿puede que se llame Fernando?...».

—¿Fernando? No me suena —le digo la verdad.

—Pues estate atenta porque va a aparecer muy pronto... —Yo me quedo pensando en ese nombre, mientas ella continúa echando las cartas en la mesa y hablándome de mi futuro. Su acento manchego es cada vez más cerrado—: Es posible que pronto tengas una relación, una aventura con un hombre que a lo mejor no es muy importante, pero que te vendrá bien...

—¿Y se llamará Fernando?

—No, ése es otro.

—¿Y de éste no sale el nombre? —le pregunto inocentemente.

—No, no sale —me contesta, cortante.

—¿Podría ser Tomás?

Veruska no me contesta y sigue manejando las cartas cada vez más rápido. Las pone y las quita de la mesa a una velocidad vertiginosa.

—También aparece una mujer rubia importante en tu vida.

—¡Será Loli! —le informo—. Pero es rubia teñida.

—Bueno, eso ya no lo sé.

Lo más probable es que sea Loli, porque no recuerdo a ninguna otra rubia. Veruska me sigue informando sobre lo que dicen las cartas:

—... aquí sale que a esa mujer rubia la quieres mucho. Y ella a ti también... Veo el mar, me aparece un viaje a algún sitio donde haya mar que harás próximamente...

—¡Es verdad! Estaba pensado pasar unos días en la playa...

—¡Aquí aparece muy claro! Seguro que vas a hacer ese viaje y te van a pasar cosas sorprendentes.

De repente, Veruska se queda en silencio y respira profundamente. Recoge unas cartas y echa otras, creo ver que pone cara de preocupación.

—¿Pasa algo? —me inquieto.

—Ha habido algún cambio familiar últimamente. Algo importante.

—La verdad que sí.

—Puede que con tu madre o tus hermanos.

—Mi madre ha muerto hace poco, pero no tengo hermanos.

—Sí, aquí aparece tu madre de manera muy clara.

—Bueno, la verdad es que sí tengo hermanos, pero no los conozco...

—Esto es justo lo que veo aquí. Creo que los vas a conocer pronto.

—Yo no quiero.

—Es bueno que los conozcas porque tu relación con ellos te dará cierto equilibrio...

De repente se abre la puerta y aparece Olivier con su sonrisa de dientes que parecen pintados. Es evidente que le han puesto unas fundas demasiado grandes.

—Señora Veruska, es la hora —dice con tono de mayordomo.

—¡Gracias, Olivier! —contesta ella muy solemne—. Acompaña a Candela a la puerta.

—¿Ya? —digo un poco molesta.

—Hemos consumido el tiempo y la señora Veruska tiene más citas —me informa Olivier, esperando a que me levante y le siga hasta la salida.

—Recuerda que debes conocer a tus hermanos. Lo han dicho las cartas de una manera muy clara —concluye la vidente, que me vuelve a tender su mano sin levantarse de la silla.

Yo no conduzco de noche. En realidad, no conduzco casi nunca, así que a los nervios de la cita se une mi tensión habitual cuando me pongo al volante. Tengo un Ford Fiesta de color berenjena que compré cuando me saqué el carnet y que mantengo como nuevo de tan poco que lo utilizo. Siempre está en el garaje, pero esta noche no tenía otra manera de llegar a Toledo. Yo siempre tengo la impresión de que voy más deprisa de la cuenta, pero no debe de ser cierto porque desde que he salido de Madrid me han adelantado muchos coches y hasta varios camiones. Algunos se han enfadado porque se me olvida que debo ir por el carril de la derecha, pero es que por el izquierdo me siento más segura. Todavía no me creo que haya quedado para cenar con Tomás Cifuentes. Cuando Veruska me ha dicho que podía tener una aventura me ha venido a la mente la proposición del inspector para comer en Toledo. Tampoco tengo nada que perder, aparte de la inmensa vergüenza que me ha dado llamarle para decirle que no podía llegar a comer y proponerle quedar para cenar. No me reconozco, pero tampoco me arrepiento.

Estoy nerviosa, hacía tiempo que no me sentía tan guapa. Me he puesto un vestido negro, que por primera vez desde que me lo compré me queda bien. Se notan los kilos de menos y como hace buen tiempo hasta me he atrevido a llevarlo sin medias, a pesar de estar todavía muy blanca. Los zapatos son de tacón alto, quizás demasiado, y me rozan en el talón, pero son imprescindibles para subirme un poco el culo, que nunca está de más, aunque haya adelgazado. Dudo si me he maquillado en exceso, aunque sí estoy contenta con la manera en la que me ha quedado el pelo. Mi pelo siempre es un azar, me refiero a que puedo peinarme exactamente de la misma manera pero nunca me queda igual. Sé que les pasa a todas las mujeres, y aunque nadie ha sabido resolver ese misterio, yo creo que el pelo tiene vida propia y también tiene días buenos y malos, como las personas que llevan debajo. Mi coche es demasiado antiguo para poner la música de mi móvil, pero los pocos CD que llevo me ponen contenta. Hay un recopilatorio de música disco de los noventa, otro de Alejandro Sanz y uno con los grandes éxitos de Roberto Carlos que le encantaba a mi madre. Al escuchar *El gato que está triste y azul* me acuerdo de ella y me entran ganas de llorar, que evito porque no me puedo permitir que se me corra el rímel antes de mi cita. Me emociona esa canción al tiempo que me avergüenza que me encante. Subo el volumen, empiezo a cantarla muy alto y me siento bien pensando en mi madre, en los nervios de esta cita tan sorprendente, en que me veo guapa, en que tengo ganas de que me pasen cosas, en que tengo ganas de vivir...

Tomás está sentado a una mesa en una esquina del restaurante con una cerveza en la mano. Me saluda desde allí y al atravesar el resto de mesas para llegar hasta la nuestra noto que me falta el aire. No recuerdo haber estado tan nerviosa en mucho tiempo y temo que no voy a ser capaz de decir ni una sola palabra después de saludarle.

—¿Cómo estás? —me pregunta, levantándose para darme dos besos.

—¡Muy bien! —respondo con la respiración acelerada.

—¿Has llegado bien?

—Sí, he tardado menos de dos horas.

—¡Madrid está a sesenta y ocho kilómetros! —dice antes de reírse, irónico—. Habrás derrapado en las curvas, supongo.

A mí también me hace gracia y le cuento mi torpeza con el coche. Su voz me suena menos grave que cuando le escucho en El Cancerbero, creo que la está conteniendo a propósito. Tomás desprende una seguridad que, ésa sí, es imposible de disimular.

—¿Te gusta algún vino en especial? —me pregunta.

—Prefiero el blanco, pero no quiero beber mucho, porque luego me da miedo conducir hasta Madrid.

—Espero que esta noche no tengas que volver —anuncia, sonriendo.

—Ya veremos —le digo, todo lo seductora que puedo.

Tomás está muy simpático y atento, pero aun así me sigue imponiendo. Me cuenta cosas de Toledo, aquí vive su exmujer y uno de sus hijos, al que viene a ver siempre que puede. No sabía nada de su vida, y a medida que me la va contando me entero de que esta de Toledo no es su única ex. Tiene otras dos más, una en Cádiz y otra en Madrid, y entre las tres suma un total de cuatro hijos. El mayor tiene veinticinco años y está preparándose también para entrar en la policía. Tomás me confiesa que después de nacer el pequeño se hizo la vasectomía, para no acabar él solito con el problema de la natalidad en España. Habla mucho, pero también se interesa por lo que le cuento. Sabe seducir y se nota que le encanta. Su contundencia en las frases, sus formas, su manera de mirar tan directa, su forma de mover las manos acompañando cada palabra hacen que Tomás desprenda una masculinidad para mí tan desconocida como excitante.

—Todavía no sé por qué he venido —le confieso.

—Yo tampoco. Lo único que sé es que me encanta que lo hayas hecho.

—Nunca estoy segura de gustar a los hombres.

—A mí me gustas —me dice, mirándome fijamente—. ¡Mucho!

—¿Por qué?

—Esa pregunta es absurda —responde, con una sonrisa.

—Yo creo que no lo es —le digo, sincera.

—¿Quieres saber la verdad?

—Por favor.

—Eres guapa, me caes bien. Cuando te veo en el restaurante siempre pienso que hay algo en ti que me gustaría descubrir...

—Has dicho que ibas a ser sincero.

—Lo que acabo de decir es completamente cierto y además me apetece muchísimo follarte.

Yo sonrío y pienso que yo también tengo muchas ganas de dejarme llevar por este hombre. No quiero pensar demasiado. Le ofrezco mi copa vacía para que él me la rellene.

—Creo que esta noche no voy a volver a Madrid conduciendo.

—Me encanta oír eso.

—¿Sabes? Yo no tengo mucha experiencia en el sexo —le confieso—. He estado con muy pocos hombres y no sé si he tenido mucha suerte con mis amantes.

—Si la hubieras tenido, lo sabrías.

Me invita a que le cuente algunas experiencias y lo hago, hasta le confieso el día que perdí mi virginidad y lo del banderín del Real Madrid. Por algún motivo me siento muy confiada con él, sabe cómo hacerlo. Él también me habla de sexo y lo hace con la misma seguridad con la que habla de todo. Me cuenta algunas experiencias, divertidas y sugerentes. Estoy a gusto y muy excitada, cada vez más. Se me nota y no me importa.

—Me encanta cómo te queda el vestido —me dice cuando me ve volver a la mesa después de ir al servicio.

—Gracias —digo mientras me siento.

—¡Quítate las bragas!

—¿Cómo?

—¡Quítatelas y dámelas!

—¿Aquí?

—Nadie se va a dar cuenta. Ya casi no quedan mesas.

La verdad es que me apetece mucho hacer lo que me pide. Estoy ardiente, creo que bastante mojada. Siento vergüenza, pero me encanta sentirme así. Me levanto la falda de mi vestido debajo de la mesa y logro con esfuerzo llegar hasta mis bragas, que arrastro hasta los tobillos para sacarlas, hago una bola con ellas para esconderlas en mi puño y noto que sí están húmedas. Se las doy y las guarda en el bolsillo de su chaqueta.

—¿Tomamos una copa antes de irnos?

—Hacemos lo que quieras. ¡Soy una mujer sin bragas!

Nos reímos los dos. El camarero trae las copas y con la conversación y sintiéndome desnuda por dentro me cuesta trabajo mantener la compostura. Él lo sabe, yo sé que lo sabe y a los dos nos encanta.

—¿Adónde vamos? —le pregunto con ganas de irme.

—Aquí mismo. Esto es un hotel. Yo estoy alojado aquí.

No me había dado cuenta de que el restaurante tiene entrada por la calle, pero pertenece al hotel, que está al lado. Una de las puertas lleva directamente a la recepción. Es evidente que Tomás es un habitual de este sitio y no tengo ninguna duda de que yo soy una mujer más de una larga lista. Quizá en otro momento de mi vida eso me habría importado, pero esta noche, lejos de enfadarme, me encanta. Voy a dejarme hacer.

Cuando entramos en la habitación no enciende la luz, pero por la ventana entran las luces de la calle que iluminan el blanco de las sábanas de una cama enorme. Casi en el borde, Tomás se quita la chaqueta, yo le desabrocho los botones de la camisa mientras nos besamos profundamente. Tiene los labios gruesos y su lengua se desliza suavemente junto a la mía. Le quito la camisa, que dejo caer al suelo, y le desabrocho el cinturón con cierta torpeza. Él no me ayuda, aunque yo tardo demasiado en atinar con la maldita hebilla. Cuando lo logro, desabrocho rápidamente todos los botones de su pantalón, de donde se nota por debajo de su calzoncillo de tela una polla dura y creo que grande. Al sentirla en mi mano me estremezco, estoy ansiosa y mi respiración torna en jadeo. Tomás me desabrocha la cremallera de la espalda del vestido y lo deja caer al suelo. Sin bragas, me tumba en la cama con los zapatos de tacón puestos y el sujetador sin quitar. Me siento bella así. Esta noche no siento complejos por mis kilos de más, ni me importa demasiado la celulitis. Tomás se desnuda completamente y se tumba encima de mí. Me separa las piernas y me las levanta apoyando mis corvas en sus brazos, y coloca su polla justo a punto de entrar en mí. Me sorprende que ya esté ahí. Estoy deseando, siento cómo me roza sin entrar, controlándolo todo, haciendo que me estremezca, ansiando que lo haga por fin. Se acerca para besarme y justo en el momento que roza mis labios siento cómo me penetra despacio, rozando todo mi interior poco a poco, muy lento hasta que me llena tanto que creo que no puede caber más. Mi jadeo ahora ya es un grito. Jamás he sentido algo así, ni parecido. Tomás se mueve dentro de mí y noto cómo me voy mojando por dentro hasta sentirme empapada. Me mira tan fijo a los ojos que casi me intimida, pero el placer es tanto que me da por reír en medio de los gemidos... Creo que es la primera vez que un hombre me provoca un orgasmo, y mucho más tan rápido, lo identifico de una manera clara y creo que por un momento me quedo en blanco. Tomás sale de mí, me desabrocha el sujetador y me acaricia los pechos de una manera tierna. Sus manos son, como todo él, pura sexualidad. Me besa el vientre y baja poco a poco su boca hasta mi entrepierna. Estoy empapada y siento algo de vergüenza, pero él hace tan evidente que le gusta y disfruta con lo que me está provocando que es imposible sentirse incómoda. Cuando me roza con su lengua entiendo que sabe perfectamente lo que hace. Me estremezco y me abandono a su boca mirando el techo de la habitación, entregada a lo que hace y a lo que le dé la gana hacer. Qué diferencia con los anteriores hombres... Sin dejar de comerme, me toca por dentro con dos dedos en algún sitio en el que yo no creo que nadie me haya tocado y vuelvo a correrme, esta vez de una manera más profunda, diría que más serena. Soy incapaz de moverme, pero cuando creo que ya no puedo más, Tomás, que no ha sacado sus dedos, vuelve con su boca entre mis piernas y en pocos segundos vuelve a provocarme otro orgasmo. Y después otro y luego otro. Hasta este momento sabía que nunca había tenido buenos amantes, pero ahora tengo la certeza de que él es uno de los mejores. En apenas veinte minutos y casi sin moverme he tenido mejor sexo que en toda mi vida. Tomás vuelve a tumbarse encima de mí, me abre otra vez las piernas, me las levanta aún más que al principio y vuelve a entrar en mí, esta vez parece que más potente y más profundo. También él comienza a gemir con fuerza, y verle tan excitado, mientras no retira su mirada de mis ojos, me vuelve a encender. Los dos gritamos fuerte hasta que noto cómo en su último movimiento él termina dentro de mí. Me ha excitado tanto que le sujeto para que no salga, todavía duro, mientras me muevo para correrme yo también una vez más. Ya he perdido la cuenta de cuántas llevo mientras intento recuperar la respiración. Tomás sale de mí y va al minibar para coger una botella de agua que me ofrece mientras sigo tumbada, inmóvil. Los dos nos bebemos la botella de dos tragos y él vuelve desnudo a mi lado.

—¡Joder! —es lo único que acierto a decir—. ¡Qué barbaridad!

Él sonríe y yo suspiro mientras intento reincorporarme.

—¡Eres preciosa! —me dice, y suena sincero. Al menos a mí me apetece creerle.

En este momento me acuerdo de Loli y ese temblor de piernas del que me hablaba después de pasar un rato con Cifuentes. Por supuesto no se lo digo, pero sí decido contarle otro secreto.

—Si supieras por qué me he decidido a venir...

—¿Por qué? —se interesa.

—Por una vidente.

—¿Una vidente?

—Sí, fui a visitar a una vidente y me dijo que iba a tener una aventura. Pensé que eras tú y por eso te llamé.

A Tomás le entra la risa. Creo por un momento que se está riendo de mí.

—¡Los videntes no existen!

—Yo he estado con una que me ha adivinado un montón de cosas.

—A ver, ¿cómo se llama?

—Veruska.

Tomás vuelve a sonreír, ahora creo que de una manera un poco condescendiente.

—¡Hombre! —exclama, dando la impresión de que sabe de quién hablo—. ¡Visitación González! ¡La Visi!

—¿La Visi? —me sorprendo.

—Visitación es el nombre real de Veruska. La conozco bien, es una estafadora.

El inspector me cuenta que durante algún tiempo estuvo investigando a varios videntes de Madrid y que ella es una de las menos recomendables.

—¡Ella y su amigo el Caballo! A él le llaman así por sus dientes, no creas que es por otra cosa —se ríe.

—¡Olivier!

—¡Ése! —me confirma—. Además de no pagar impuestos porque todo lo que cobran es en negro, están metidos en asuntos de drogas y de blanqueo. Vamos, unos prendas...

—Me dijo Loli que iban a verla famosos, gente importante, empresarios...

—¡Como todos! —se ríe—. De todos los videntes se dice lo mismo, que van muchos empresarios importantes a consultar si hacen o no algún negocio... Y a veces hasta que la policía se deja aconsejar por ellos en algunos casos de desaparecidos. —Definitivamente, me siento un poco estúpida—. Siempre dicen las mismas cosas —continúa—, y al final acabas hablando tú.

—¿Las mismas cosas? —me sorprendo.

—Te hablaría de un hombre importante en tu vida. Dan un nombre al azar, Luis, Fernando, Carlos..., si aciertan, te tienen ganada, y si no, te aseguran que aparecerá pronto...

—Fernando, me dijo a mí —le confieso.

—Y luego te hablaría de una mujer, rubia casi siempre, y de cambios en la familia y de algo relacionado con el mar...

—¡Tal cual!

—Todo el mundo conoce a alguna mujer rubia y tiene una familia en la que pasan cosas, o una casa en la playa o quiere irse de vacaciones a la costa...

—¡Y encima es de Albacete! —le digo mientras me río de mí misma.

Él también se ríe y más aún cuando le digo que me cobró ciento cincuenta euros. Hablamos un rato más, no demasiado porque intuyo que Tomás está cansado. Le beso, intentando más sexo, pero definitivamente me rechaza.

—Lo siento, pero uno tiene ya una edad —me dice de buen humor.

Le pido que me deje una camiseta y unos calzoncillos suyos para poder dormir. Me parece *sexy* mi imagen. Sin que se dé cuenta recupero mis bragas y me voy a lavarlas al baño y las dejo a secar en el toallero para poder ponérmelas al día siguiente. Cuando vuelvo a la cama, Tomás está ya profundamente dormido. Me acuesto a su lado y pienso que lo que ha pasado esta noche se quedará durante mucho tiempo en mi memoria. Toco con mi pierna la suya y con mi mano su espalda... Y me siento bien pensando precisamente que esto no es un recuerdo: es presente y me está pasando. Justo después de sonreír, me quedo plácidamente dormida.

Hoy damos cocido completo en el menú. También se puede tomar la sopa de primero, pero si no te apetecen los garbanzos con carne, repollo, tocino, morcilla y chorizo, también puedes elegir de segundos un filete de ternera con ensalada o una pescadilla rebozada. Ensalada mixta y espárragos con mayonesa son los otros dos primeros, si no quieres la sopa del cocido. De postre flan, natillas y melón, que últimamente está saliendo buenísimo. En la cocina andan liadas preparándolo todo mi abuela, Loli y Akanke, y en la barra estamos Iván y yo atendiendo los desayunos. Yo estoy más pendiente de la plancha, cruasanes, tostadas y sándwiches, e Iván se encarga de la cafetera. Todo este revuelo es justo antes de las nueve, la hora en la que se entra a trabajar en las oficinas, a partir de ahí y hasta la hora de comer todo es mucho más tranquilo. Lo bueno es que ya han arreglado el aire acondicionado, porque ha vuelto a subir la temperatura y en la calle hace un calor insoportable. Ese tema es el primero del que están hablando los clientes al entrar a desayunar.

—¿Has tomado el sol? —me pregunta Matías, después de echarse el segundo sobre de azúcar en el cortado.

—Un poco, pero sigo estando muy blanca.

—No sé, es que te veo especialmente guapa esta mañana.

También me lo ha dicho mi abuela al entrar y Loli, así que puede que sea verdad. Yo sigo nerviosa porque a la hora de comer vendrá Tomás y me gustaría ser capaz de comportarme de una manera normal, como si el sábado no hubiese ocurrido nada.

—¿Tú qué tal estás? —pregunto a Matías por preguntar.

—Bueno, ya te contaré —me dice, señalando con la mirada a su compañero, que moja un cruasán en el café con leche.

—¿Pasa algo? —le insisto.

—En la comisaría se han enterado de lo mío y ya sabes cómo son los policías.

—¿Lo mío? —me enfado—. ¡Ni que fuera una enfermedad!

—Bueno, que ya hablaremos —me corta un poco nervioso.

Le hago caso. Matías se marcha con su compañero como lo van haciendo todos los trabajadores de las oficinas después de desayunar. Chelo ha salido a dar su paseo con Fermín, que cada vez es más largo.

En la cocina huele de maravilla. El cocido siempre ha sido mi comida favorita, sobre todo la mezcla de los garbanzos con el tocino y un poquito de chorizo. Siempre me lo he comido con cierto cargo de conciencia, desde niña cuando mi madre me ponía mala cara explicándome lo mucho que engordaba aquello que tanto me gustaba, que era mejor comer una ensaladita. Le agradezco aquel interés en que yo no me convirtiera en una niña obesa, pero tampoco puedo ocultar que tener el culo gordo no es culpa mía, ni del cocido, sino de la genética. Así que ella también tiene su responsabilidad.

—Niño, hazme un zumo y dame un cruasán —le pide mi abuela a Iván.

—¡Marchando, doña Remedios! —le contesta Iván, que empieza a hacer malabares con tres naranjas, que como siempre acaban en el suelo.

—¿Te puedes estar quieto? —le digo sin poder evitar reírme.

—¡Morena, qué guapa estás hoy! —me suelta, con ese tono macarra de adolescente que no se le quita.

—¿Morena? —me pongo seria—. ¡Un respeto, niño!

—¡Vale, vale! Era sólo un piropo, mujer.

—¿Quieres un café? —le digo a mi abuela, que se ha sentado en una de las mesas.

—Después del zumo y el cruasán.

—¿Ya está la comida? —le pregunto desde detrás de la barra.

—Casi. Pero ya se encarga la negra.

—¡Akanke, abuela, se llama Akanke!

—¡Eso!

Aprovecho que le he llevado el café a la mesa para ponerme yo otro y tomármelo con ella. No hay clientes en el bar e Iván me pide ir a ver a Lorelain al centro de belleza porque me dice que ayer discutieron y quiere pedirle perdón.

—Vente en media hora, que hay que montar las mesas.

—¡Niño! —le dice mi abuela—. ¡Cuida a esa chica, que es un primor!

Mi abuela y yo nos quedamos solas con el café. Se ha dejado en el plato la mitad del cruasán y al zumo le ha dado apenas dos tragos.

—¿Estás bien? —le pregunto.

—Estoy un poco cansada últimamente. Será el calor.

—Deberías ir al médico a hacerte un chequeo.

—¡Quita, quita! Para que me diga que tengo algo.

—Pues si lo tienes, te lo tendrá que decir.

—Yo prefiero no saber. Que sea lo que Dios quiera.

—¡Menuda tontería!

—Pues seré tonta.

—Yo no he dicho eso.

—Bueno, déjame, que simplemente estoy cansada y tengo calor.

—No, si con todo eres igual.

—¡Ay, Señor!

—No se puede vivir mirando siempre hacia otro lado.

Loli sale de la cocina en ese momento sabiendo que la cosa puede pasar a mayores. Estaría escuchando, como siempre.

—¡Qué calor hace ahí dentro!

—Lo mejor es no saber la verdad y así se evitan los problemas —sigo hablándole a mi abuela sin hacer caso a Loli—, como hicisteis conmigo.

—¡Déjalo ya, Candelaria, por favor! —exclama mi abuela.

—Doña Remedios, vaya usted a la cocina, que yo creo que Akanke ha dejado sosa la sopa —vuelve a intervenir Loli.

—Sí, voy a ver —dice mi abuela, levantándose.

—Eso, vete y así no se habla, no se escucha, no se sabe y nos creemos más felices.

Mi abuela se marcha sin contestarme, muy triste. Sé que mi enfado es desproporcionado, que seguramente no viene a cuento, que podría haber evitado la discusión, que me hace daño enfadarme con mi abuela, que me duele que lo pase mal... Sé que todo eso es así, pero cuando estoy rabiosa no sé dar un paso atrás.

—¡Candela, no me parece bien lo que estás haciendo! —me reprocha Loli, que se pone a mover las sillas sin ningún sentido.

—¿Y qué se supone que estoy haciendo?

—Hacer sufrir a tu abuela, por ejemplo.

—Loli, mejor tú no te metas.

—Y tú deja de echarle la culpa a todo el mundo de lo que te pasa...

Esa frase me sorprende, pero no me da tiempo a reaccionar porque en ese momento Iván entra en el bar refunfuñando y, sin saludar, comienza a poner manteles.

—¿Has visto a Lorelain? —le pregunto.

—No la he encontrado. Esta mañana no ha ido a trabajar.

Dos chicas entran y me voy a la barra para atenderlas. Loli regresa a la cocina y veo cómo consuela a mi abuela.

Akanke sale y se va a ayudar a Iván a colocar los platos, los vasos, las servilletas, los saleros...

—¿Nos pones dos cañas? —me pide una de las chicas que han entrado.

Se las pongo con unas aceitunas y sigo pensando en eso de que yo le echo la culpa a los demás de lo que me pasa. No sé por qué este día se ha torcido, con lo bien que había empezado. Estaba guapa, de buen humor, pensando en Tomás y recordando algunas cosas que pasaron en la cama de ese hotel de Toledo. Y ahora estoy enfadada, con los nervios otra vez en el estómago, con ganas de discutir.

Llegan más clientes, se nota que se va acercando la hora de los menús. Fermín debe de estar terminando de dar su paseo con Chelo, siempre es el primero en llegar a comer. Me extraña que en la puerta llevan un rato Matías y su compañero hablando, como esperando a alguien. Han estado aquí esta mañana y no suelen venir a estas horas.

—¿Nos pones otras dos? —me pide una de las dos chicas de antes.

—Y más aceitunas. Están buenísimas —dice la otra.

Mientras tiro las cañas, veo cómo llega Tomás y saluda en la puerta a Matías y a su compañero. Era a él al que estaban esperando. Me pongo nerviosa al verle, aunque no me da demasiado tiempo porque los tres entran en el bar un poco excitados.

—¡Hola, Candela! —me saluda Tomás muy serio.

—¿Pasa algo?

—No lo sé, a ver si lo aclaramos.

Matías y su compañero se dirigen a Iván, que está terminando de poner manteles con Akanke.

—¡Acompáñanos a comisaría, por favor!

—¿Yo? Pero ¿por qué?

Loli sale de la cocina y al ver a Iván con los dos policías se altera. Yo también estoy nerviosa. Todos lo estamos. Iván sale del bar con los policías, que lo meten en el coche patrulla.

—Pero ¿qué hacéis? —le grita Loli a Tomás.

—Al parecer, a tu hijo se le fue la mano anoche con su novia. Hay puesta contra él una denuncia por malos tratos.

Araceli se parece a mí, es indudable. Al verla sentí un escalofrío, el mismo que se experimenta después de un susto en una película de miedo, ese que te eriza la piel y parte de la cabeza. Después me dijo que ella sintió una cosa parecida. Es verdad que su madre debía de ser más delgada, y eso se nota de cintura para abajo, pero en nuestras caras se evidencia que tenemos los mismos genes. Accedí por fin a conocerla después de que José Carlos me llamara una y otra vez para pedírmelo. Nunca pensé que sería una buena idea, pero reconozco que la curiosidad de tener delante a una hermana acabó por imponerse al miedo que me da mirar de frente a mi pasado, un pasado que no recuerdo, que ni siquiera sé si es pasado.

Cuando se tienen razones para odiar, crees que no odiar es perdonar.

Así me sentía yo antes de reunirme con José Carlos y Araceli, con la necesidad de explicarles mi odio hacia su padre, de contarles lo que me hizo, la repugnancia que me provoca y decirles que no quiero hermanos, no quiero nada que tenga que ver con él, nada que me lo recuerde. Quedé con ellos en una cafetería al lado del estadio Santiago Bernabéu. Me citaron allí porque viven muy cerca del campo del Real Madrid. Al entrar y descubrir todas las paredes decoradas con fotos del equipo blanco, de sus triunfos, goles, el escudo por todas partes y muchos banderines, no pude evitar la risa, a pesar de los nervios que llevaba. Pensé en ese momento que contar mi identificación con el Real Madrid y la pérdida de mi virginidad sería una buena manera de romper el hielo, pero obviamente la intensidad del momento hizo que desapareciera esa idea de mi cabeza... Y sí, al verla, sentí ese escalofrío...

—¡Te lo avisé! —le dijo José Carlos a su hermana, nada más darnos los dos besos de rigor.

Ella también estaba desconcertada. El destino, la casualidad o lo que sea ha hecho que las dos nos hayamos vestido de azul, ella con una camisa y yo con una camiseta, pero justo del mismo azul. Y el pelo muy parecido de color y largura, y los labios con tono nude, la sombra oscura con ocres...

José Carlos empezó a hablar de cosas intrascendentes, parecía el menos nervioso de los tres. Yo le contesté a lo del calor que hacía, a lo de que qué quería tomar y a lo de la decoración madridista del bar de manera educada, pero con cierta desgana. Araceli tardó en hablar...

—¡Necesitaba conocerte!

Antes de terminar esa frase, su garganta tembló, sus ojos se inundaron de rojo y comenzó a llorar sin consuelo, con la verdad con la que lloran de repente los niños cuando sienten que no les quieren. Y yo me puse a llorar con ella de la misma manera. José Carlos también permaneció en silencio, supongo que él también tendría ganas de llorar, pero no lo hizo.

—Yo tampoco sabía que existías —se rehace Araceli, después de sonarse la nariz—. Benito se lo contó a José Carlos pocos días antes de que fuese a verte al bar. —José Carlos asiente con la cabeza y a mí me extraña que ella se refiera a su padre por su nombre de pila—. Sé que no querías conocernos —continúa Araceli—, y lo entiendo...

—Me costaba y me sigue costando —le confieso.

—Creo que tener hermanos es una oportunidad —habla José Carlos.

—Nosotros no somos hermanos, no te confundas —le corto.

—Tenemos el mismo padre.

—Yo nunca he tenido padre.

—No sé si nos volveremos a ver, pero tenerte delante me hace sentir bien —se mete Araceli, a la que le cuesta mucho no llorar.

—¿Os contó vuestro padre lo que me hizo?

—No hacía falta —dice Araceli.

—Mi padre es un enfermo —añade José Carlos.

—Tu padre debería estar en la cárcel.

—¡Debería estar muerto! —sentencia Araceli.

Nos quedamos en silencio, noto que José Carlos se pone tenso y a Araceli la rabia le corta definitivamente el llanto.

—Conmigo estuvo hasta los trece años, supongo que le empecé a parecer mayor con esa edad...

José Carlos coge de la mano a su hermana, sabe perfectamente lo que viene después. El relato de Araceli es puro dolor, aunque se nota que sus palabras han pasado por el tamiz de algunos años de tratamiento.

—No sé si nos volveremos a ver, pero al menos quería conocerte... Lo necesitaba.

Hace años que no se habla con Benito, me dice que vive sola porque le cuesta mucho tener una relación con un hombre. Me cuenta buena parte de su vida. Yo le hablo de la mía, de mi madre, de El Cancerbero, de que en mi caso tampoco se denunció porque eran otros tiempos: lo de siempre.

—Mi madre fue cómplice. Se pasó años mirando para otro lado y cuando se lo conté me dijo que no me creía.

—Eso ya da igual, mamá se murió —interviene José Carlos.

—Se suicidó —le corrige Araceli.

Hay personas que dañan todo lo que tocan, como un virus, que contamina y destruye los cuerpos en los que entra. Benito es una de esas personas.

Hay algo que me reconforta de mi encuentro con José Carlos y, sobre todo, con Araceli. De repente, me siento bien. No sé definir lo que es, quizás una mezcla de alegría, nostalgia y melancolía. Puede que sea amor, aunque sé que no puedo quererles. Al menos, todavía. Yo tampoco sé si nos volveremos a ver, no lo sé porque sigo sin saber si lo deseo. Es nuestro primer encuentro, pero puede que sea el último. Lo que tengo claro es que no me arrepiento de haber venido. Beso a José Carlos en la despedida y él me da un abrazo, que prolonga durante un rato. Araceli y yo nos besamos y bromeamos sobre el color de nuestra ropa, sobre nuestro parecido, tan sorprendente que resulta un poco incómodo. Vernos una a la otra es mirar un espejo. La misma emoción, a lo mejor la misma tristeza, puede que el mismo odio y casi seguro la misma soledad.

Pienso en mi vida y siento que nada está bien, pero por algún extraño motivo estoy contenta. Antes solía ser al contrario, que estaba triste cuando no había tantos motivos. Ahora sí los tengo: lo que ha pasado con Iván, no poder dejar de estar enfadada con mi abuela y que Loli lo esté conmigo. Nunca había discutido con Loli, ella es quizás la mejor persona de cuantas me han rodeado en mi vida y una de las que más quiero, o es eso lo que siento ahora que me contesta con monosílabos y, peor aún, que no me cuenta nada. Sé que se va a arreglar, que este distanciamiento no puede durar mucho. También ella me necesita, y más ahora, con el disgusto que le ha dado Iván. Estoy deseando abrazarla y que nos volvamos a reír de cualquier barbaridad que se le ocurra y suelte por esa boca. Estoy dudando si contarle lo de Tomás, sobre todo porque me da una vergüenza horrible tener que dar detalles, algo que es imposible evitar si Loli me empieza a preguntar. La conozco, tan basta y tan directa que me pongo colorada sólo con imaginarme las guarrerías que me va a soltar sobre mi encuentro sexual con el inspector Cifuentes...

Noto que tengo ganas de estar contenta, de no recrearme en la tristeza. Es algo que no puede forzarse, simplemente surge y ahora tengo la necesidad de sentirme bien, de cuidarme, de reír, de disfrutar sin pensar que hay algo malo en hacerlo.

A veces creo que la felicidad no es más que una capacidad. Hay gente que la tiene para las matemáticas, otra para el deporte, otra para escribir... y alguna para ser feliz.

Yo no sé si tengo esa capacidad o si se me olvidó a base de no utilizarla. Qué más da. Sólo quiero estar bien, incluso voy a provocarlo. Tanto en las cosas más trascendentales como en otras que tengan menos importancia. No hay nada malo en pasarlo bien.

—¡Buenas tardes, venía a darme un masaje!

—¿Qué tipo de masaje, señorita? —me dice la chica de la recepción, que va vestida con un kimono de seda.

—Pues no sé...

—¿Descontracturante, relajante, deportivo, *shiatsu*, reflexología, tailandés, *shiro*, *mukha*, *body sculptor*...?

—La verdad es que no sabría qué decirle... ¿Puede ser uno que tenga de todo?

—Le recomiendo uno descontracturante-relajante para comenzar —dice la chica, un poco resignada.

—Sí, eso está bien.

—¿Desea que su masajista sea hombre o mujer?

—¡Pues, no sé...! —dudo porque creo que debo decir que una mujer, pero, en realidad, me apetece que sea un hombre.

La señorita espera paciente mi decisión con media sonrisa dibujada en la cara y las manos apoyadas en el mostrador.

—Mejor un hombre —digo por fin.

—Acompáñeme, por favor.

Sigo a la recepcionista por un pasillo enmoquetado en verde muy oscuro y paredes granate, algo siniestro, pero se nota que está limpio. La luz es tenue, quizás demasiado porque apenas se ve, pero yo lo prefiero así. Llegamos a un cuarto iluminado con velas, un buda de metal en el suelo, al lado de un cuenco dorado y un colchón finito con algunas toallas encima perfectamente dobladas. Pronto aprendo que eso que hay en el suelo no se llama colchón.

—Desnúdese y túmbese boca abajo en el futón —me dice la chica, dándome una braguita de papel dentro de un plástico.

—¿Y esto? —pregunto, un poco tímida.

—Quítese todo y póngaselo. Enseguida llegará su masajista.

En el anuncio que vi en internet sobre este sitio decía claramente que no se daban servicios sexuales, pero esto me está pareciendo de lo más excitante. Y puestas a imaginar, imagino a mi masajista fuerte y atractivo. Me voy desnudando y doblo cuidadosamente la ropa, que dejo también en el suelo porque no hay ningún otro sitio donde dejarla. Al ponerme las bragas de papel me siento un poco ridícula porque misteriosamente me quedan grandes y pequeñas a la vez. Por un lado me hacen bolsa en el culo y por otro no me alcanzan por los lados. No me pueden sentar peor. Tal y como me ordenó la recepcionista, me tumbo boca abajo en el futón.

—¡Buenas tardes! —dice un hombre, al que no alcanzo a ver, después de entrar en la habitación y cerrar la puerta.

—¡Hola!

—Mi nombre es Mariano y soy su masajista.

Me da vergüenza pensar en la primera imagen que ese hombre ha visto de mí, tumbada boca abajo con las bragas de papel abombadas por el culo, y prefiero mantener mi cara pegada al futón. Me encanta estar allí, a pesar de que todavía no puedo relajarme del todo. Es normal. Él enciende algunas velas más, además de las que ya lo estaban, y pone música relajante. No identifico los instrumentos, pero suena algo de viento y un violín chino. Mariano pasa por delante de mi cara y veo que va con un pantalón blanco y unos zuecos del mismo color. Al tenerle delante levanto la vista para verle entero y aunque no llego a ver su cara, sí noto que se trata de un hombre gordo, muy gordo.

—¿Puedes recogerte el pelo? —me pide—. Necesito la espalda y el cuello despejados para darte el masaje.

Me levanto del futón sin apenas alzar la vista intentando cubrir mi pecho con el antebrazo hasta llegar a mi bolso y coger algo para sujetar el pelo. No me atrevo ni a mirar a Mariano, que espera de pie, supongo que observándome. Un poco incómoda, saco una goma, me hago un recogido mirando a la pared y tengo tanta prisa por volver a tumbarme que me tropiezo con el futón y lo desplazo, tirando un par de velas y un cuenquecito con aceite.

—No te preocupes —me dice mi masajista, recolocando el colchoncito con el pie. Me tumbo por fin, mientras él se agacha a recoger todo lo que yo he tirado—. ¿Te gusta el masaje fuerte o flojo?

—Fuerte, creo.

Mariano se quita los zuecos, pasa cada una de sus piernas a cada lado de las mías y apoyando sus rodillas en el futón comienza a masajearme la espalda. Lo hace fuerte, quizás demasiado, aunque reconozco que es lo que yo le he dicho. Noto cómo sus dedos van metiéndose entre mis músculos y siento un dolor que no me parece nada placentero. Es posible que la música esté un poco alta, pero intento relajarme.

—¿Podrías apretar un poco menos? —me atrevo a sugerir por fin.

—Bueno, es que me dijiste fuerte —me contesta, sin disimular que mi comentario no le ha sentado bien.

Mariano reduce la fuerza del masaje tanto que ahora parece que me está acariciando. Pasa sus manos de forma desesperantemente suave por mi espalda y mi cuello, hasta el punto de que me empieza a hacer cosquillas. En la sala hace un poco de calor, lo noto yo que estoy desnuda, así que mi masajista debe de estar pasándolo peor. Es posible que sea por eso o por los movimientos de sus manos en mi espalda, pero noto cómo a Mariano le está costando respirar, haciendo cada vez más ruido. Parece que le falta el aire al pobre, pero el sonido cada vez que mete y saca aire en sus pulmones se me hace bastante incómodo.

—Discúlpame otra vez, podrías apretar más fuerte —digo, intentando ser muy amable.

—¡Lo que tú digas! —contesta con tono resignado.

La música, lejos de relajarme, me está poniendo un poco nerviosa, seguramente porque el sonido del violín chino me parece insufrible, de igual modo que me lo parece el que emiten los instrumentos de viento de esa música horrible y en especial ese que produce el roce de metales cuyo eco se prolonga eternamente. La respiración de Mariano es la misma que la de un atleta en pleno esfuerzo y encima ha vuelto a apretar más fuerte de lo razonable. Por supuesto, ya no me atrevo a decirle nada. Mariano me baja las bragas de papel para acceder a mis glúteos y masajearlos, cada vez estoy más incómoda. Mi masajista utiliza demasiado aceite y, además de ponerlo en las manos y luego frotarme, de vez en cuando me salpican algunas gotas de manera desagradable. Me ha vuelto a subir las braguitas y hora me está masajeando los pies. Si no fuera por el ruido de su respiración y que me hace un poquito de daño, me gusta más que en la espalda. El masaje en los gemelos también está bien, me dice que los tengo muy cargados de estar tanto tiempo de pie. Me sigue desagradando cuando me salpica con el aceite, no entiendo por qué hace eso. Cuando masajea mis muslos y mis glúteos me pongo un poco nerviosa. Supongo que para disfrutar de un masaje también hay que tener cierta conexión con la persona que te lo da. Mariano está tremendamente gordo, respira haciendo mucho ruido y, o me aprieta tan fuerte que me hace daño o tan flojo que me hace cosquillas, utiliza mucha crema, hace mucho calor en la sala y la música definitivamente me parece insoportable.

—¿Puedes darte la vuelta? —me pregunta Mariano.

Me la doy, entre avergonzada y, para qué negarlo, un poco enfadada. Me tumbo boca arriba y descubro por primera vez la cara de mi masajista. Tampoco es guapo. Es difícil serlo con esa papada que se le junta con el pecho, en el que hay dos tetas tan grandes como las mías que a su vez se posan en su enorme barriga. Tiene la cara empapada en sudor, también los brazos están húmedos por ese motivo. Se pone crema en las manos y cuando comienza el masaje en mis piernas mueve la cabeza y de su frente y su cara caen encima de mí varias gotas de sudor, esas mismas que me salpicaban en la espalda sin saber su procedencia, creyendo que eran aceite.

—Lo siento, pero no me encuentro bien —digo mientras me levanto del futón a toda velocidad.

Mariano se limpia la frente con el antebrazo y creo que eso provoca que caiga más sudor de su frente. Yo me seco el cuerpo con una toalla que cojo del suelo.

—¿Necesitas algo? —me pregunta.

—¡Necesito una ducha, joder! —exclamo rabiosa.

No me importa que en este lugar piensen que estoy loca. Yo no tengo la culpa de lo que ha pasado y lo único que quiero es salir de aquí.

—¿Todo bien? —me pregunta la recepcionista que me atendió al principio.

—Sí —digo con prisas por irme.

—Ha terminado usted antes de tiempo —dice con esa cara de amabilidad que no se le quita.

—Me he acordado de que tenía que hacer algo —digo ofuscada.

—Son ciento veinticinco euros —me pide con su sonrisita.

—¡Y una mierda!

—¿Perdón?

—Que es un robo.

—Usted ya sabía nuestras tarifas —dice con su sonrisa dibujada.

—Lo que no sabía era que el masaje es horrible, que la música es insoportable y que el masajista es un gordo sudoroso.

—Mariano es un gran profesional, señorita —me corrige siempre amable.

—... Y por no hablar del puto violín chino, que lo voy a tener metido en el oído todo el día —continúo gritando, mientras le doy la tarjeta.

Un señor corpulento se acerca a mí conciliador y le dice a la recepcionista que me cobre la mitad. Yo sigo enfadadísima, aunque me parece razonable lo que el señor me propone. Recojo la tarjeta, la guardo en mi monedero y éste a su vez en el bolso. Salgo de allí sin ni siquiera decir adiós.

—¡Hace días que no hablamos! —me dirijo al ojo de mi madre después de abrir su cajita.

—No te preocupes, hija —acepta, comprensiva.

—No he tenido mucho tiempo, han pasado un montón de cosas.

—¿Cómo estás?

—No lo sé, mamá. —Casi nunca sé contestar a esa pregunta.

—Yo te veo muy guapa... Y más delgada.

—Tengo ganas de estar bien.

—Eso es lo más importante.

—Sí, pero no me sale.

—¡Ya...!

—¿Y qué hago?

—Estás haciendo muchas cosas... ¡Lo de Tomás estuvo muy, pero que muy bien, eh! —me dice con una sorprendente complicidad.

—¡Pues sí! —admito, un poco cortada—. No recordaba habértelo contado.

—Me parece muy bien que disfrutes, hija.

—Te noto cambiada.

—Aquí se da cuenta una de muchas cosas.

—¿De qué, por ejemplo?

—De que un día cualquiera te mueres y todo se acaba.

—Eso también se sabe aquí en el mundo de los vivos.

—Se sabe, pero nunca te lo terminas de creer.

—Me gusta hablar contigo, mamá.

—Me gusta mucho que lo hagas.

—Loli está enfadada conmigo porque dice que no trato bien a la abuela.

—En eso tiene razón.

—Bueno, claro, tú qué vas a decir... —le reprocho.

—Tranquila, que a Loli ya se le pasará —me contesta, sin que le haya afectado mi comentario.

—Ella lo está pasando mal ahora.

—Claro, lo de Iván le ha afectado mucho. Menos mal que sólo pasó una noche en el calabozo.

—¿Te había contado lo de Iván?

—Piensa que a lo mejor las cosas no son como las ha dicho Lorelain.

—¡Mamá, tú y yo no hemos hablado de esto! ¡Estoy segura!

—No hace falta.

—¿Cómo que no hace falta?

—Recuerda que soy un ojo. Lo que hago es precisamente mirar —dice, con un sentido del humor completamente desconocido en ella.

—Creo que voy a cerrarte otra vez la caja, porque me estás poniendo nerviosa.

—Una cosa antes de que lo hagas.

—Dime...

—Hoy te has enfadado con razón.

—¿También has visto lo del masaje? —digo, sin poder evitar que me salga una sonrisa.

—¡La respiración del gordo era insoportable! ¡Y encima sudado...!

—¡Adiós, mamá!

Las cocinas de los restaurantes nunca están limpias del todo. Hubo una época en la que eso me obsesionó, pero ya no me incomoda tanto. Puedo convivir con esa grasa que es imposible que desaparezca. Por mucho que se limpie siempre hay sitios a los que no se alcanza: grietas, juntas, debajo de los muebles, en algunas esquinas...; la grasa que no se quita y hay que resignarse a que siempre estará allí, día tras día, año tras año, grasa encima de grasa. En ocasiones pienso que si desde el primer día, y todos los días, se hubiera limpiado a fondo, no se acumularía, pero eso no se puede hacer. A veces la grasa no se llega a ver porque es transparente y cuando deja de serlo y adquiere color, ya es tarde. El aceite con el que se fríe es grasa como lo es el humo cuando se incrusta en las paredes y en el suelo creando ese velo húmedo que lo impregna todo. Tampoco están limpios del todo los utensilios con los que se limpia una cocina. Esto también me genera un poco de ansiedad. Las bayetas, los trapos, el mocho, que una vez que ha tocado esa grasa ya nunca más volverá a estar limpio. Me agobia esa contaminación porque me parece idéntica a la que sufrimos las personas. Con nosotros viajan olores, roturas que no sueldan, heridas que nunca cicatrizan, aunque no siempre se noten a simple vista. En la cocina de El Cancerbero hay grasa, parecida a la que yo arrastro desde niña y tengo que asumir que me acompaña, que forma parte de mí. Hay días en que me siento feliz y con ganas de vivir, pero otros siento claustrofobia cuando sé que simplemente soy la hija de la tuerta. Necesito sentirme limpia en medio de tanta grasa.

Iván le pegó un bofetón y Lorelain cayó al suelo, como si las piernas se le quedaran sin fuerzas. Esa misma noche ella se marchó a comisaría. A él le sorprendió porque cuando salió de su casa las cosas parecían haberse arreglado. Ella se lo hizo creer para que se fuera de su casa, pero tan pronto se largó, fue a denunciarle. Estaba muy rabiosa.

La noche que Iván pasó en el calabozo sintió más miedo del que nunca había sentido. Yo no quise hablar con él, le quiero demasiado para aborrecerle por lo que había hecho. A la mañana siguiente lo soltaron y un par de días después Lorelain retiró la denuncia. Ese mismo día volvieron a estar juntos.

—Si te ha pegado una vez, te volverá a pegar —le advierto a Lorelain, a la que he pedido que me acompañe a sacar a Chelo al parque.

—No quiero hablar de ese tema. Ahora estamos fenomenal.

—Sabes que yo quiero mucho a Iván, pero no deberías haber quitado la denuncia.

—No se la merecía.

—¿Cómo que no? Él te pegó.

—Sí, pero yo le pegué a él primero...

Nos sentamos en un banco y Lorelain me cuenta lo que pasó aquella noche, que no sería tan distinta a otras noches. Iván no quiere que Lore depile a chicos; Lore no quiere que Iván coquetee con otras chicas y mucho menos con esas de los *castings* con las que se intercambia el teléfono. Ella le pilló unos mensajes un poco subidos de tono con una chica, él le dijo que ella se pasaba todo el día quitando pelos a pollas, ella le estampó el móvil contra la pared, él la llamó puta, ella le dio un tortazo y él se lo devolvió tirándola al suelo...

Nunca habían llegado a las manos, me decía Lorelain, aunque siempre se insultan cuando se enfadan. Ella cree que tiene todo el derecho a espiar su móvil porque él no debería ocultar nada e Iván piensa que ella no debería ver a ningún otro hombre desnudo. Los dos dicen que se quieren mucho, que esas cosas les pasan precisamente porque su amor es demasiado fuerte. Tienen claro que no pueden vivir el uno sin el otro, y estoy convencida de que lo creen de verdad.

Antes de este paseo con Lorelain yo estaba enfadada, ahora estoy triste. No hay nada que hacer, no hay esperanza. Los dos quieren lo que tienen. Están convencidos de su amor, asumen que las cosas son así o no son. Es posible que esa relación acabe algún día, pero lo seguro es que, de seguir, jamás cambiará.

Me decía que ahora ya está todo superado, que están fenomenal. Mejor que nunca, según Lorelain. Ella ya habló con su jefa para no tener que depilar a más hombres y él le ha prometido que no volverá a mandar mensajes a ninguna chica que no sea ella...

Me quedé sola en el banco, con Chelo merodeando a mi lado. Lore tenía que irse pronto a casa para arreglarse. Esa tarde, Iván y ella iban a ir al cine y luego a cenar unas hamburguesas en un local nuevo que hay en el centro de Madrid en el que pagas dos hamburguesas y te dan tres... Acaricié a mi perra, que decidió subirse al banco y acurrucarse a mi lado. En el parque se me hizo de noche sin poder parar de llorar.

La música que me gusta no es muy buena, ésa es la verdad... Aunque como lo de bueno o malo es subjetivo, digamos que la música que a mí me gusta no tiene prestigio. En general, mi preferida es la que se puede bailar, aunque de mi madre he heredado el gusto por las baladas, especialmente las de Roberto Carlos. A ella sólo le gustaban las canciones tristes, de desamor y coplas en las que todo acaba en tragedia. Yo también las escucho, un poco por inercia, pero cuando tengo ganas de bailar me siento mejor. Bailo en casa, sobre todo porque no salgo mucho y casi ni me acuerdo de la última vez que fui a una discoteca. En mi salón improviso coreografías, me desplazo por el pasillo dando pasos y acercándome el puño a la boca a modo de micrófono, y en la cocina friego moviendo las caderas como si quisiera provocar al fregadero.

Aquí vine por lo menos hace diez años con dos amigas y parece que no ha pasado el tiempo. Es un bar de copas que hay en uno de los barrios caros de Madrid en el que ponen flamenco, sevillanas, rumbas y algo de salsa. Es un poco retro, casi hortera, casposo incluso, pero la gente se lo pasa bien.

Aquí me ha propuesto quedar Matías para hablar, tomarnos unas copas y espero que bailar un rato. La música está alta, pero en el límite para poderse entender. Mi amigo me está esperando al lado de una mesita de madera en la que hay una silla de enea para sentarme. La decoración imita un patio andaluz y la gente es mayor, creo que yo soy de las más jóvenes del bar. Todavía es pronto y ya está casi lleno, más tarde no se va a caber aquí. Los caballeros van vestidos de forma elegante, algunos incluso con corbata; las señoras, un poco menos que para una boda, pero casi, y se nota que hoy mismo la mayoría han estado en la peluquería. Me gusta que la gente se arregle, me parece un síntoma de respeto a uno mismo y a los demás, y mucho más cuando hace bastantes años que se dejó de ser joven. Da la sensación de que la mayoría son parejas, pero hay grupos de gente suelta, hombres y mujeres riendo, mirando y, sobre todo, bailando. Es divertido.

—¿Ya conocías este sitio? —me pregunta Matías, después de darme dos besos.

—Sí, pero hacía bastante tiempo que no venía.

—¿Te apetece bailar?

—Mucho, pero espera a que me tome algo...

En las mesas, aparte de las copas, se puede pedir comida. La minicarta está compuesta de jamón, lomo, chorizo, queso, aceitunas y boquerones en vinagre. Y todo lo sirven acompañado de una cestita con picos de pan y regañás. Matías pide jamón y lomo con una botella de vino y a mí, que venía sin hambre, me entra de repente.

—Me tenías preocupada desde que me dijiste que no te iba bien en la comisaría.

—Se enteraron de que soy gay.

—¿Quién se lo dijo?

—Eso da igual, quizá lo forcé yo mismo.

Matías y yo tenemos muchas cosas que contarnos, pocas de ellas son buenas y mucho menos divertidas, sobre todo las mías. Nos ponemos al día, pero los dos tenemos demasiadas ganas de reírnos como para que la realidad nos fastidie la noche. Me cuenta que algunos compañeros le gastan bromas infantiles como pegar la espalda a la pared cuando se cruzan con él en un pasillo o ponerle fotos de porno gay en la taquilla. También me dice que son una minoría y que ya no le importa... Hablamos de lo de Iván y le cuento que tengo una hermana igualita a mí, pero delgada. A media botella de vino y dos raciones de lomo y jamón, todo nos hace mucha gracia.

—¿Sabes? —le digo con ganas de confesarme—. ¡Por fin he tenido sexo bueno!

—¡Serás cabrona! —me dice riendo.

—Contigo no podía salir bien, en la cama de tu madre con la foto de tu padre muerto mirando...

—¡No era ese precisamente el problema! —vuelve a reír, exagerando un afeminado movimiento de mano.

—La verdad es que te prefiero como amigo —admito, antes de volver a brindar.

—Bueno, cuéntame eso de que has tenido sexo bueno... —se interesa con tono de amiga, poniéndome la mano en la pierna. Es evidente que se lo pasa bien jugando a tener pluma.

—¡Uf! —exclamo suspirando—. Que pasados los cuarenta me han follado bien por fin. Ésa es la verdad. —Me pongo colorada y me entra la risa fuerte al mismo tiempo—. ¡Y yo —continúo— que creía que el sexo me daba igual!

—¡Yo creía lo mismo! ¡Menudo par de idiotas somos!

—¡Eso, cuéntame tú! —le propongo.

—Yo, lo mismo que tú... A mí también me han follado como yo quería —se carcajea.

—¡Brindemos! —Acaban de llegar los *gin-tonics* porque de la botella de vino no queda ni gota.

—Y encima creo que me he enamorado —me confiesa—. ¿Tú no?

—Lo mío fue sólo sexo y de momento sólo nos hemos acostado una vez.

—¿Sólo una?

—Sí, pero espero volver a hacerlo pronto. Me muero de ganas —le reconozco, encantada de compartirlo.

—Yo he quedado luego con él. Se llama Luis y está buenísimo.

—Dile que se venga ahora y me lo presentas.

—¡Vale! Llama tú al tuyo también. Será divertido...

—¡Mejor no! —digo sonriendo, aunque esta vez no le cuento por qué.

Matías llama al tal Luis, que le dice que en un cuarto de hora está aquí. Para mí que lo tenían planeado. Está deseando que yo le conozca y eso me gusta. Decidimos esperarle bailando, me encanta esta música y además el vino y la ginebra me han desinhibido por completo. La sala está abarrotada, no sólo la pista. Todo el mundo baila por todas partes, al lado de la barra, de las mesas, en la cola de los baños. Se escuchan rumbas y todo el mundo se sabe las letras. Dos o tres hombres, mayores para mi gusto, pero hombres al fin y al cabo, no paran de mirarme. Es algo que me gusta, así que muevo las caderas y el culo un poco más. Sentirse deseada es otro sentimiento bastante desconocido para mí. Que yo supiera, al menos. Matías también baila radiante, pero menos pendiente de mí que de la llegada de Luis, que ya no debería de tardar.

—¡Bailas muy bien! —me dice un señor acercándose a mi oído.

—Muchas gracias —le contesto, sonriendo, sin dejar de bailar.

Matías está tan pendiente de la entrada que ni se entera de que acabo de ligar. El señor debe de tener cincuenta y pocos, es alto y, aunque no está gordo, luce la barriguita que casi todos tienen a esa edad y la mayoría desde bastante antes. Tiene el pelo gris peinado para atrás y todavía le queda mucho del hombre guapo que seguro fue. Va perfumado y le brilla la cara como de haberse afeitado hace un ratito. Lleva pantalón gris, camisa blanca y una chaqueta azul marino con botones dorados.

—¿Te puedo preguntar algo? —me dice de nuevo, acercándose a mi oído e intentando seguirme el ritmo bailando.

—¡Claro!

—¿El hombre que está contigo es tu novio?

—No, es un amigo —le digo simpática.

—¡Me alegro! —responde sonriente—. ¿Te puedo invitar a una copa?

—A lo mejor un poco más tarde.

A Matías se le ilumina la cara cuando por fin aparece Luis. Yo le doy la espalda al señor y mi amigo me coge de la mano para ir en busca de su chico. Ellos se saludan con un beso en los labios un poco tímido, casi furtivo. Los que nos damos Luis y yo en las mejillas son más rotundos después de que Matías nos presente.

—¡Vamos un rato a la mesa! —nos propone Luis.

Le seguimos y de camino le dedico una sonrisa a mi conquista de pelo blanco, que no deja de mirarme.

—¿Has ligado? —comenta Matías nada más sentarnos.

—¡Eso parece! Me ha preguntado si tú eras mi novio.

—Es muy elegante, aunque un poco mayor para ti.

No le contradigo, a pesar de no estar de acuerdo con ninguna de las dos cosas.

Luis es un chico guapo de cara, con el pelo rubio, que peina con un amplio tupé sujeto por una buena cantidad de laca. Lleva una camiseta de manga corta muy estrecha en la que se le marcan todos los músculos, moldeados en el gimnasio; los brazos depilados y la barbita tan perfectamente recortada que da la impresión de estar pintada. Charlamos, bebemos y reímos. La conversación sube de tono, de picante acaba siendo casi pornográfica. Las palabras más utilizadas seguramente sean follar y polla. Nos confesamos, es divertido y el alcohol ayuda. A ellos se les nota excitados, y si no fuera por el clasicismo del local, ya estarían besándose apasionadamente. Se percibe que se gustan, sobre todo Luis a Matías. Hablan de que esta noche la pasarán en casa de Luis y yo bromeo con lo poco estimulante que es la de la madre de Matías. La conversación tan subida de tono, las copas y saber que dentro de un rato estarán teniendo sexo me excita a mí también. Por un momento tengo la fantasía de irme con ellos, pero pronto se me va la idea de la cabeza y les dejo en la mesa.

—Me parece que te vas a quedar sola muy pronto. —Es la primera frase de mi ligue canoso, que me aborda cuando voy camino del servicio.

—Yo también lo creo.

—¿Me aceptas ahora la invitación?

—Yo un *gin-tonic*, pero muy cortito, que estoy un poco borracha.

Mi acompañante pide en la barra y cuando el camarero nos sirve le trata con una familiaridad exclusiva de los clientes más habituales.

—Todavía no sé tu nombre.

—Candela.

—Yo soy Joaquín.

Nos damos los dos besos protocolarios y chocamos los vasos de tubo. Él ha pedido lo mismo que yo. Me cuenta que suele ir todos los fines de semana con un grupo de amigos y amigas, aquí se lo pasan bien. Está divorciado, tiene un hijo mayor y un par de restaurantes en Madrid. Yo le hablo de El Cancerbero y durante un rato nos contamos cosas sobre nuestros negocios. El suyo es de mucho mayor volumen, nada que ver. Me está cayendo bien y, afortunadamente, la conversación hostelera se acaba pronto.

—¡Me pareces muy guapa!

—Gracias.

No me acuerdo de cómo se liga. En realidad, no sé hacerlo, así que me pongo nerviosa. Por suerte, las luces de colores que iluminan el bar impiden que se note que estoy colorada. A mitad de copa, se acercan a la barra Matías y Luis.

—¡Nosotros nos vamos!

Dudo un instante si irme con ellos o hacer lo que realmente quiero.

—¿Tú qué haces? —me pregunta Matías.

—¡Quédate, mujer! —me propone Joaquín, con cierta desesperación.

—Mejor me voy.

Me despido de Joaquín y me voy con Matías y Luis, a los que se les nota cierta urgencia por llegar a una cama. Durante el trayecto hasta la puerta me voy arrepintiendo, pero siento que ya no hay vuelta atrás.

—¡Espera, Candela! —me llama Joaquín un instante antes de salir por la puerta y me da una tarjeta en la que hay un teléfono móvil escrito a boli—. Me encantaría volverte a ver, llámame cuando quieras.

Guardo su tarjeta y nos despedimos de nuevo. Él regresa al interior del local y yo me monto en un taxi camino de mi casa. Voy con esa sensación de haber hecho lo que creía que era mejor, pero justo lo contrario de lo que me apetecía. Me hubiera quedado más tiempo, quizás podría haber pasado la noche con Joaquín. Aunque, la verdad, era un poco mayor para mí. O a lo mejor no, quién sabe. Me meto en la cama dándole vueltas y excitada. Sea como sea, me lo he pasado muy bien esta noche. He bailado, me he reído y he ligado. Estoy contenta, tanto que me pienso si llamar a Joaquín y decirle que venga. Sé que no lo voy a hacer, pero me encanta pensarlo. Dejo el móvil en la mesilla y meto la mano por debajo de las sábanas para tocarme, imaginando lo que hubiera hecho esta noche con mi nuevo amante.

Hace más de veinte años, Musoke lloraba desconsolada mientras metía en una bolsita impermeable un par de mudas y una tableta de chocolate para su hija de diez años. La besó hasta despertarla de la cama donde dormían juntas desde hacía más de un año. A la niña le sobresaltó el ruido de los besos y la humedad de las lágrimas de la madre, que también empaparon su cara. Un año, abrazadas en esa cama de noventa, todas las noches. Ese tiempo hacía que habían llegado a Marruecos desde Mali después de que su padre muriera de cualquier enfermedad sin diagnosticar porque allí donde vivían no había ni médicos ni medicinas. Un año tardó en llegar Musoke a Marruecos con su hija y otro más en ahorrar el dinero suficiente para meterla en una patera en busca de Europa. Al despedirse, las dos lloraron sin consuelo: la madre, con el estómago de fuego sabiendo que seguramente no se volverían a ver; la niña, de pena sabiendo que su madre la engañaba diciéndole que lo harían muy pronto. Aquella niña de diez años era demasiado mayor, había crecido deprisa como lo hacen los niños que se han acostumbrado a tener miedo. Musoke sabía que si la suerte acompañaba a esa patera y llegaba a una playa española, la niña sería acogida por el hecho de serlo y estar sola. O eso le habían asegurado. No esperó a verla partir, la dejó en la barca de goma junto a decenas de hombres y mujeres confiados en llegar a la otra orilla. Ella se dio la vuelta desbordada por el llanto y corrió en dirección contraria al mar, donde al mismo tiempo se adentraba su hija agarrada a su bolsita impermeable.

Aquella niña era Akanke y tampoco puede evitar llorar mientras nos cuenta a Loli y a mí su historia. Salió cara y la patera llegó al otro lado. Los hombres y mujeres huyeron por la playa camino a ninguna parte y ella se sentó en la arena. Una mujer de rojo le sonrió y la abrazó con una manta. Justo en ese momento sintió más miedo que nunca y corrió hacia el mar queriendo regresar en busca de su madre. La mujer de la Cruz Roja la detuvo y ella gritó con toda la fuerza imaginando que Musoke podría oírla desde el otro lado. Nunca volvieron a verse.

Akanke fue a un centro de acogida y luego la suerte le puso en el camino a un matrimonio que la crio en Madrid. Ellos la educaron, le dieron apellidos y mucho amor. El dolor fue desapareciendo, salvo cuando algunas noches todavía se sobresalta creyendo oír el ruido de unos besos y que las lágrimas de Musoke la vuelven a despertar empapándole la cara como aquella última mañana.

Cinco años más tarde sus padres españoles la acompañaron a Marruecos en busca de alguna pista de Musoke. Encontraron la casa donde vivieron, en la que seguía aquella cama en la que dormían siempre abrazadas, ahora ocupada seguramente por otras dos personas soñando que pronto cruzarán al otro lado y tendrán una vida mejor.

Esa que ella sí pudo tener y la que nunca alcanzó Musoke. Le contaron que seis meses después de su despedida, su madre intentó cruzar para volverse a encontrar, pero el temporal destrozó su patera repleta de vidas que, como la suya, se tragó el mar.

El nombre de Akanke significa amor, y ella dice que hace tiempo que se dio cuenta de que, a pesar de todo, nunca paró de recibirlo. El amor de Musoke y el de sus padres españoles, que ahora viven en el pueblo donde nacieron y que todos los días, sin faltar ni uno, llaman a casa para ver cómo está su niña.

Loli y yo seguimos llorando sin consuelo mientras escuchamos a Akanke. Hace un rato que mi abuela se unió a nosotras en la compañía y, por supuesto, también en el llanto. Las cuatro en una mesa del bar, ya vacío y a punto de cerrar, nos sentimos juntas. Loli y yo nos hemos reconciliado sin hablar y sin darme cuenta he estado escuchando a Akanke cogida de la mano de mi abuela. Cuatro mujeres tan distintas, cuatro vidas en las que —como en la cocina que ya está apagada y oscura— hay grasa que no se quita, pero con la voluntad intacta de repartir y de recibir amor, con ganas de reír y sabiendo, sin que nadie nos lo haya enseñado, que, a pesar de todo, la vida es siempre una oportunidad.

He estado a punto de mandarle un mensaje para ver qué se iba a poner y que no pasara lo de la última vez. Sería el colmo que Araceli y yo volviéramos a vestirnos igual. Ella me despierta mucha curiosidad, es algo inevitable. Que sea mi hermana no es motivo suficiente para quererla, si bien que apenas nos conozcamos tampoco lo es para rechazarla. Cuando la vi por primera vez me cayó bien, sentí su dolor y a ratos escuchándola descubrí que, de las dos, yo había tenido mejor suerte al desaparecer Benito tan pronto de mi vida. Esta vez no ha venido José Carlos, él sí tiene relación con su padre; trabaja con él y lleva sus negocios.

Cuando Araceli y yo nos vemos, sonreímos al mismo tiempo y estoy segura de que lo hacemos por el mismo motivo. Ella va de naranja y yo de negro. Ella ha decidido recogerse el pelo y yo dejármelo suelto. Yo con falda y ella con pantalón.

—Te confieso que estuve a punto de mandarte un mensaje para preguntarte lo que te ibas a poner —me dice.

—Yo lo tenía escrito, pero me dio vergüenza darle a enviar —le contesto sonriente.

—¡Tenía ganas de volver a verte!

Araceli ha venido hasta mi barrio, pero yo no quería quedar con ella en El Cancerbero. Allí no podríamos hablar, así que nos vemos en una cafetería que hay dos calles más allá.

—Yo también tenía ganas de verte —le confieso—, aunque tampoco sé muy bien para qué.

—Estar juntas puede ser un motivo suficiente.

Le digo que sí, aunque en el fondo tengo dudas. Es como cuando entras en un ascensor con un vecino. Hay cierta necesidad de no estar callados, pero no hay nada que decir. En nuestro caso es peor: sí hay muchas cosas que contar, pero no nos apetece hacerlo.

—En realidad, yo sí tengo algo que decirte —me reconoce.

—Te escucho.

—Después de nuestro encuentro estuve hablando con José Carlos y creemos que tú también deberías tener una parte de los negocios de Benito.

—¿Yo? —me sorprendo—. ¿Por qué?

—Porque también eres su hija.

—Yo no quiero nada que venga de ese hombre.

Araceli bebe un sorbito del té que se ha pedido y que parece que no termina de enfriarse. Se toma su tiempo.

—Piensa que no viene de él —continúa—. Viene de José Carlos y de mí. Nosotros somos tus hermanos, al menos queremos serlo.

—¡Dicho así parece que os estáis comprando una hermana!

Aunque no era mi intención, la frase ha sonado demasiado cruel.

—No pretendía ofenderte —contesta, entre enfadada y triste.

—Sois muy generosos —le digo con tono de disculpa—. No tendríais por qué compartir nada.

—Es una forma de compensarte por lo que te hizo.

—Sería indigno. Ese dinero no puede cambiar las cosas.

—¡Lo sé mejor que tú! —replica, con cierto orgullo—. A mí, Benito me destrozó la vida, quizás para siempre, así que no me des lecciones de dignidad. —A Araceli se le humedecen los ojos y vuelve a dar un par de sorbitos al té, cuya taza parece no tener fondo. Yo hace rato que terminé mi café—. El dinero no cambia las cosas —continúa—, pero sería absurdo rechazarlo. Yo no voy a hacerlo y tú tampoco deberías.

—Te entiendo, pero no me sentiría bien cogiéndolo.

—Al menos, piénsatelo.

—No hay nada que pensar, simplemente no lo quiero.

Araceli se acaba por fin su té, hace rato que el camarero se llevó mi taza de la mesa y la conversación ha terminado. Sin embargo, por algún motivo inexplicable, no quiero que este encuentro acabe. Nos quedamos un instante calladas. Ella es la primera que rompe el silencio.

—¿Es posible querer a una persona sin apenas conocerla? —No contesto a su pregunta, porque sé que quiere seguir—. Seguramente esto sea ridículo —continúa Araceli—, pero aunque sólo te he visto una vez, siento que te quiero.

Noto que se emociona de verdad. Yo también lo hago porque ella acaba de decir lo que también me pasa a mí desde el día que la conocí.

—Yo creo que también te quiero, y lo peor de todo es que me da muchísima rabia —admito. Ahora es ella la que me deja hablar—. Casi hubiera preferido que me cayeras mal. Hubiera sido más sencillo odiarte, porque odio aquello que nos une.

—Nos guste o no, lo queramos o no, tú y yo somos hermanas...

—Y encima nos parecemos. Es una broma del destino —le digo, sonriendo.

—Por lo menos somos guapas —ríe ella también.

Araceli y yo hablamos de nuestras vidas, un poco más que la última vez, y de cosas, algunas, más agradables. Las malas intentamos contarlas con más distancia. Hablamos de películas, de libros, de algunas partes positivas de nuestra infancia, que también las hubo. Tenemos más puntos en común.

—Siento que mi vida está cambiando mucho últimamente —me sincero.

—Yo también tengo necesidad de cambiar.

—Me gustaría volver a empezar —le intento explicar.

—De vez en cuando todo empieza de nuevo —dice, mirando al vacío.

—¡Qué frase tan bonita!

—La leí en un libro.

—¿Qué libro? —me entra la curiosidad.

—Era una especie de biografía novelada de un escritor. Recuerdo que ese momento del libro me emocionó mucho: «Parece que la vida empieza sólo el día que nacemos, pero no es verdad. De vez en cuando todo empieza de nuevo».

Araceli y yo nos marchamos por fin de la cafetería después de tres tés y tres cafés. Ahora sí tenemos la certeza de que nos volveremos a ver. Hemos estado a gusto y, sin saber muy bien qué es eso, es posible que la empiece a mirar como a una hermana.

—Por favor, piensa lo que te he dicho —insiste en la despedida.

—No hay nada que pensar. No quiero nada que venga de Benito.

—¡Bueno, tú piénsalo! —me repite, queriendo decir ella la última palabra.

La casa de Tomás es muy parecida a como me la había imaginado. Antigua, grande y desordenada, con tres balcones por los que entra luz y el bullicio de una plaza céntrica donde conviven viejos, pijos que se creen bohemios, niños, perros, yonquis de paso a algún piso cercano para comprar, turistas arrastrando maletas y manteros dispuestos a salir corriendo en cualquier momento. El inspector Cifuentes, como todavía le llamo en el restaurante, tiene pocos libros, pero muchos cómics que se amontonan por el suelo, junto a revistas y cientos de CD y DVD.

—Me da rabia que nada de esto ya no sirva para nada —me dice, señalándolos—. Ahora todo está en el móvil y el ordenador.

—Tienes una casa muy bonita.

—Debería tenerla más ordenada. La señora de la limpieza no da abasto.

Tomás me ofrece una copa de vino tinto que tiene abierto en una neverita repleta de botellas. Él se sirve otra.

—Me sorprendió que me mandaras ese mensaje —me dice, acercando su copa a la mía.

—Creo que lo hice sin pensar y te confieso que nada más darle a enviar me arrepentí un poco.

—¿Qué tiene de malo?

—Yo jamás había hecho algo ni siquiera parecido —le digo la verdad.

—Eso me deja en un buen lugar —dice, con esa seguridad que me sigue impresionando.

Era cierto que me había tomado dos copas yo sola en casa y también lo era que en la tele estaban poniendo una película española de la que no recuerdo el título y en la que no paraban de tener sexo. Sí, estaba muy excitada cuando mandé ese mensaje: «Me encantaría que me volvieras a follar».

—No me reconozco —le digo sinceramente.

Tomás me quita la copa de la mano y me besa despacio mientras mueve su mano por el interior de mis muslos, todavía cubiertos por el pantalón vaquero que llevo. Todo lo que hay en Tomás es sexo. Cómo mira, cómo habla, cómo se mueve, cómo besa, cómo huele y cómo toca. Desde que su lengua invade la mía, siento que lo mejor que puedo hacer es dejarme llevar, dejarme hacer, dejarme del todo. Tumbada en su sofá, me baja los pantalones arrastrando con ellos mis bragas. Sin tiempo para reaccionar, Tomás posa su boca entre mis piernas y sólo con sentir ahí su respiración comienzo a temblar ansiosa por que me roce con su lengua. Cuando lo hace me anula la voluntad y quedo a merced de su forma de moverla. Es un don. Sólo quiero sentir placer y todo lo demás me da igual, incluso darme cuenta de que estoy ridícula con la blusa puesta, desnuda de cintura para abajo, pero todavía con los calcetines puestos. Tomás ha decidido poner más intensidad y estoy a punto de correrme. Intento aguantar un poco más, pero es imposible. Mi cuerpo tiembla por su cuenta mientras se me escapa un grito justo al final que tampoco puedo controlar.

Tomás se reincorpora y yo me quedo inmóvil en el sofá. De pie delante de mí se desnuda completamente y al verle tan excitado me estremezco imaginándomela dentro de mí. Él se sienta en el sofá y me levanta de un brazo para que me mueva hacia él. Pasa una de mis piernas al otro lado de las suyas, de tal manera que me quedo sentada encima de él mientras me besa. Agarra mis nalgas con sus manos fuertes, me lleva hasta él y me coloca justo para que con mi propio peso la encaje dentro de mí. Casi sin darme cuenta la siento ya tan adentro que hasta me duele, una sensación que al mismo tiempo también me gusta. Me muevo encima de él mientras me abrazo a su cuello y él me rodea con sus brazos sin quitar sus manos de mis glúteos, empujándolos arriba y abajo. Ni siquiera estando yo encima me siento dueña de mis movimientos. Sé que no voy a tardar demasiado en terminar otra vez. Creo que Tomás tampoco, por su respiración y sus gemidos. De repente, abre mis nalgas con sus manos y me acaricia con uno de sus dedos, abriéndose poco a poco camino hasta que también me lo introduce. Yo me muevo sintiendo placer por delante, morbo por detrás, llena por todas partes. Cada vez más deprisa siento cómo Tomás está a punto de acabar, verle perder el control me excita aún más. Le pido que termine, le digo que quiero sentirlo y eso hace que él ya no pueda aguantar más. Noto perfectamente ese final en el que me empuja hasta hundirme completamente en él y un instante después acabo yo también sin poder controlar el temblor de mi vientre y mis piernas. Es largo y profundo, tal vez más que ningún otro. Encajada, soy incapaz de moverme durante un rato, sintiendo cómo Tomás va perdiendo vigor dentro de mí.

Cuando recuperamos el aire, nos terminamos en el sofá las dos copas de vino que dejamos a medias. Después me visto rápido para que me dé tiempo a ducharme en casa antes de volver al bar esta tarde. Tomás me acompaña hasta la puerta y me dice sonriente que estará encantado de volver a verme pronto. Cuando bajo en el ascensor pienso en lo que acaba de pasar y me sorprendo otra vez con ganas. Descubro que el sexo con Tomás me gusta mucho más que él mismo. Es adictivo. No sé adónde me llevará esta relación, es posible que sea la última vez que me acueste con él o a lo mejor hay más, sólo sé que me lo paso muy bien y lo voy a disfrutar mientras dure.

—¡Hola, mamá!

—¡Hola, Candelaria! ¿Cómo estás?

—Bien, ¿y tú?

—¡Pues muerta! ¡Vaya pregunta!

—A veces se me olvida, lo siento.

—Cuéntame cosas.

—Pero si tienes poderes para ver.

—Sí, pero dime cómo te sientes. Lo de dentro no se ve tan claro.

—Últimamente gusto a la gente.

—Eso ha pasado siempre, pero no te dabas cuenta.

—Si tú lo dices...

—¡Oye, me encantó Joaquín! ¡Qué señor tan apuesto!

—Un poco antiguo, ¿no?

—Eso no tiene por qué ser malo. Deberías haberte quedado en el bar.

—No me puedo creer que seas tú la que me diga eso.

—Ya te dije que desde aquí todo se ve más claro.

—Entonces no te parecerá mal lo de Tomás.

—Hija, a mí ese hombre no me gusta para ti, pero lo que tiene lo tiene. Eso no se le puede negar.

—¡Ya lo creo que lo tiene!

—Pero no te ilusiones con él. Hay personas que no pueden cambiar.

—Ya lo sé, mamá, tampoco soy tonta.

—¡Me gusta Araceli!

—¿De verdad?

—¡Yo no miento! Desde que estoy muerta, quiero decir.

—A mí también me gusta, me siento bien con ella.

—Deberías hacer lo que te dice y quedarte con parte del dinero de Benito.

—¿Cómo puedes decir eso?

—Él te hizo daño, tienes derecho a una recompensa.

—¿Y mi dignidad?

—La dignidad no te la quita el dinero.

—Hay una cosa que me apetece preguntarte ahora que estás muerta...

—Dime.

—¿Hay personas que merecen morir?

—Sí.

—No sabía si desde ahí se veía igual.

—Te refieres a Benito, ¿verdad?

—Sí.

—Yo también creo que debería estar muerto.

—Te echo de menos, mamá.

—Por lo menos tenemos estos ratos.

—Ya, pero eres un ojo y no puedo abrazarte.

—Bastante es, para estar muerta.

—Mamá, tú no te merecías morir.

—Así lo quiso el Señor.

—Entonces, ¿Dios existe?

—Hija, es una frase hecha.

Tiene un deje madrileño que todavía le sale, sobre todo cuando habla entre risas. Hace tiempo que salió de su barrio, si es que del barrio se llega a salir alguna vez. Se crio en un poblado cerca de Villaverde, a las afueras de Madrid, muy cerca de la carretera de Andalucía. Su padre recogía chatarra y su madre limpiaba escaleras, ni siquiera casas, ni siquiera las de Villaverde. Limpiar escaleras es posiblemente el rango más bajo del escalafón de las señoras de la limpieza, si es que éste existiera. Joaquín me cuenta su infancia miserable y divertida mientras nos comemos unas gambas a la plancha con una copa de vino blanco en la mesa más apartada de uno de sus restaurantes.

Después de tener en mi mano durante horas la tarjeta que me dio en el bar de copas flamenco en el que nos conocimos, decidí llamarle para volver a vernos. Joaquín dice que los fines de semana siguientes regresó al bar con la única intención de encontrarme de nuevo.

—¡Tendrás morro! Si tú vas allí todos los fines de semana.

—Sí, pero los tres últimos he ido sólo con la esperanza de coincidir contigo —dice, antes de que nos entre la risa a los dos.

Joaquín se ha vestido hoy con un pantalón vaquero y metida por dentro una camisa de rayitas rosas y blancas con las iniciales J.G. bordadas con hilo azul en el pecho. Joaquín Garrido, me aclara. El pantalón está un poco más alto y la camisa un poco más desabrochada de lo que me gustaría. Encima lleva puesta una chaqueta azul marino con solapas de pico y en el bolsillo un pañuelo blanco de seda. Lleva un reloj de oro y una cadenita del mismo material que asoma por su pecho, demasiado descubierto por esa decisión de dejarse desabrochados un par de botones más de lo deseable. Joaquín es un hombre limpio, perfectamente afeitado, y huele de maravilla, sin excesos, a algún perfume que se me antoja muy varonil. Tiene cincuenta y dos años recién cumplidos, así que me saca diez, pero no tiene ningún inconveniente en bromear con la diferencia de edad. La verdad es que, a pesar del pelo canoso, es evidente que se conserva muy bien. Su manera de andar, de moverse ágilmente y de controlar de forma tan dinámica todo lo que le rodea le dan ese aire de seductor que me encanta observar. Su vida es una peripecia desde que empezó a buscar chatarra de niño con su padre hasta tener dos restaurantes en Madrid siempre llenos. Así, de carrerilla, me enumera algunos de los oficios que tuvo desde niño: chatarrero, limpiabotas, niño de los recados, botones, panadero, huevero, extra en películas de cine, camarero, torero...

—¿Torero? —le interrumpo, entre sorprendida y un poco espantada.

—Sí, intenté ser torero para salir de pobre, pero era muy malo y no pasé de novillerito —contesta, riéndose de sí mismo—. ¿Te gustan los toros?

—No he ido en mi vida, pero mi abuela los veía por la tele cuando yo era pequeña y me aburrían muchísimo.

—Un día te invito a la plaza.

—No, gracias... Es que el toro me da mucha pena.

Joaquín es una fuente inagotable de anécdotas, que cuenta con mucha gracia, sobre todos sus oficios, algunas sobre el miedo que pasaba en su etapa de torero y con las que es imposible no reírse. Una vez, antes de empezar a torear, eligió en la barrera a la señora cuyo marido tenía pinta de ser más fuerte y con peor genio, y la invitó a su habitación de hotel de forma un poco grosera. Tal y como Joaquín había previsto, el señor saltó a por él y le dio un tortazo que le sirvió al torero para fingir un K.O. del que no pudo recuperarse en las dos horas siguientes. Llegó a decir que no recordaba su nombre, antes de echarse una siesta en la camilla de la enfermería hasta que terminó la corrida.

El otro oficio que más le gustaba era el de extra de cine, con el que no ganaba apenas dinero, pero que le servía para ligar con las chicas del barrio y con alguna que otra actriz. Después fue camarero hasta que decidió montar su primera tasquita. Su conversación es divertida, y aunque hace esfuerzos para que yo le cuente cosas, prefiero seguir escuchándole. A las primeras gambas a la plancha les han seguido tres cigalas, unos percebes y un lenguado enorme que hemos compartido. Los camareros le tratan con respeto y desde la mesa alza la mano para saludar con una sonrisa a los clientes que van llegando.

—¿Quieres que luego salgamos a bailar? —me propone.

—¿A qué hora terminas?

—Soy el jefe —dice sonriendo—. En cuanto estén la mayoría de mesas con los segundos, nos vamos. Se queda Daniel al mando.

—¿El encargado?

—No, Dani es mi hijo.

Creo que por un momento tiene la tentación de presentármelo, pero se arrepiente al instante. Yo, por supuesto, también lo agradezco.

—Él se quedará con los restaurantes —me cuenta sobre su hijo—. La verdad es que ya casi los lleva mejor que yo.

—¿Y tú qué vas a hacer?

—Me gustaría montar un hotelito cerca de la playa con un restaurante de seis o siete mesas como mucho.

—Yo también dejaría El Cancerbero —digo sin pensar.

—¿Y lo puedes hacer? —me pregunta, tomándose en serio lo que acabo de decir.

—No —le aclaro—, eso es imposible. Mi abuela, Loli, Iván, Akanke, Chelo... Tengo demasiadas ataduras.

—¿Nos vamos?

Estoy a gusto con Joaquín, es divertido y me gusta escucharle. Salimos del restaurante y en el camino se despide de su hijo con un par de besos, sin hacer ademán de presentármelo. Joaquín es respetuoso y me hace sentir segura. Me entra la risa pensando que si se bajara un poquito los pantalones y se abrochara la camisa empezaría a ser el hombre perfecto.

—¿Por qué sonríes? —me dice mientras nos alejamos unos metros de la puerta del restaurante.

—Por nada, estoy contenta.

Joaquín me coge de la mano, me lleva hacia él y me besa. Casi sin darme cuenta tengo sus labios rozando los míos. Me encanta su arrebato. Besa bien, despacio, suave, intenso. Al separar nuestras bocas, ambos suspiramos.

—¿Te apetece que vayamos a mi casa? —me propone.

—¡Quizás después de tomar algo! —le digo con dudas.

Pienso en que, no hace demasiado, lo mío con los hombres era simplemente un desastre, y ahora me veo con dos en la misma semana.

—¡Mira, Candela! —dice de repente, poniéndose delante de mí.

—¿El qué? —me sorprendo.

Joaquín, muy solemne, se abrocha dos botones de la camisa.

—¿Así mejor? —me pregunta.

Tardo un poco en reaccionar, mientras él no deja de sonreír.

—¿Cómo sabías que...? —le digo un poco cortada.

—Mujer, no parabas de mirarme el escote, un poco incómoda.

—¡Lo siento! —me disculpo, entre sonriente y avergonzada.

—No hay nada que no tenga solución.

Ahora soy yo la que voy hacia él para besarle, con muchas más ganas que antes.

—¡Quiero ir a tu casa!

Justo a la vuelta de la esquina, en el sexto piso de un portal señorial, Joaquín abre la puerta de su piso y casi sin dejarle tiempo a sacar la llave de la cerradura, me abalanzo sobre él. Estoy excitada, siento emoción por estarlo. Joaquín enciende la luz, pero yo la apago.

—¡Tomemos algo primero! —me propone.

—¡No quiero nada!

Le quito la chaqueta sin separar su boca de la mía y él me toca el pecho. Hace calor en la casa. Le saco la camisa del pantalón y él empieza a desabrochar la mía. Casi a oscuras y a medio desnudar me lleva a la habitación que está al final del pasillo. Yo misma me quito los zapatos y los pantalones y él hace lo mismo por su cuenta. Nos tumbamos en la cama, donde retomamos los besos, aunque percibo algo extraño en él. Le siento incómodo, un poco nervioso. Está sobre mí e intento bajarle los calzoncillos, pero no se deja. Su respiración se acelera y, al acariciar su espalda, noto que está sudando más de lo normal. De repente deja de besarme, se quita de encima de mí y se tumba a mi lado.

—¡Lo siento! —exclama, mirando al techo de la habitación.

—¡No te preocupes! —le digo, intentando calmar mi excitación.

Los dos nos quedamos boca arriba, sin saber muy bien qué decir. Al menos, yo.

—¿Quieres que nos tomemos una copa y lo intentamos más tarde?

—No, mejor márchate a casa —me dice, tratando de recomponerse.

Yo me visto y él se pone el pantalón y una camiseta que saca de su armario para acompañarme a la puerta. La verdad es que en este momento me da igual lo que ha pasado y tengo muchas ganas de abrazarle. Me apetece decirle lo bien que me lo he pasado esta noche y lo mucho que me gusta, que esto no tiene importancia.

—¿Nos volveremos a ver? —me pregunta, a punto de abrirme la puerta.

—¡Me encantaría! —Le doy un beso en los labios.

—¿A pesar de este petardo? —pregunta, amagando una sonrisa.

—Tú lo dijiste antes: no hay nada que no tenga solución.

Voy conduciendo y mi abuela llorando a mi lado de la misma forma que hace unos meses cuando hacíamos el mismo camino detrás del coche fúnebre en el que iba mi madre. Después de pedírmelo una semana tras otra, por fin la he traído al pueblo a visitar la tumba de su hija. Ella ya le encargó a la señora Angustias que se ocupara de que a mi madre nunca le faltaran flores, pero, aun así, mi abuela se ha empeñado en traer desde Madrid tres ramos que vamos a dejarle después de limpiar la lápida hasta dejarla brillante. La señora Angustias forma parte del paisaje del pueblo desde que tengo memoria, y, al igual que las plazas, las calles y la mayoría de casas, ella tampoco parece cambiar nunca. Siempre fue vieja y siempre tuvo pocos dientes, si bien, echando cuentas, reparo en que cuando yo era niña, ella tendría más o menos los mismos años que yo tengo ahora. El tiempo distorsiona los recuerdos, pero juraría que la señora Angustias siempre ha tenido la misma edad que tiene ahora.

La casa huele a cerrado después de tantos meses. Y a humedad, que a pesar del calor se siente en las paredes. Le digo a mi abuela que no llore cuando cerramos la puerta, pero yo tampoco puedo contener las lágrimas mientras abro las ventanas para airear el salón y las habitaciones y vuelvo a mi infancia. Entrar en esta casa sin mi madre es extraño, un vacío absoluto, inimaginablc asumir que no va a aparecer en la cocina, bajando la escalera, haciendo las camas, protestando porque algo no está como debe... Abrazo a mi abuela, que se apoya en mi hombro un largo rato. Las dos lloramos pausadamente como si no tuviéramos ninguna otra cosa que hacer que llorar.

Ha bastado ver mi coche en la puerta para que el timbre empiece a sonar.

—¡Ay, Candelaria, qué alegría más grande! —me dice la primera de las tres vecinas que están en la puerta.

—¿Cuándo habéis venido? —pregunta otra.

—¡Hay que ver, presentarse sin avisar! ¡Qué valor! —protesta la tercera.

—¡Pasen ustedes! —les digo cuando ya están dentro.

—¡Hay que ver lo *escuchimizá* que te estás quedando!

—¿Qué pasa, que allí en Madrid no se come? —comentan mientras esperan a mi abuela, que estaba en el baño secándose las lágrimas.

—¡Ay, Remedios de mi corazón y de mi alma y de mi vida! —exclaman al ver a mi abuela mientras se besan.

El timbre vuelve a sonar, abro y llegan más señoras que me besan y se alegran mucho de verme. Son las mismas que hace unos meses velaban a mi madre en esta misma salita, esas que son viejas desde mi infancia. Todas sentadas en un corro mezclando recuerdos y poniéndose al día con las últimas novedades del pueblo. Éstas consisten básicamente en el parte de bajas desde la última vez, tres o cuatro muertos más o menos cercanos. También hablan de alguna separación, de algunas chiquillas que se han quedado *«preñás»* y de alguno que se ha «*echao* a perder» con el tema de las drogas. Cada uno y cada una con su parentesco y su mote familiar: la Dioni, la de los Hojalateros; Eladia, la chiquilla del boticario; Froilán, el pequeño de los Picatostes; Encarni, la hija de la coja de la plaza... Entre tanto mote no distingo a las embarazadas de los muertos, del drogadicto... Da igual. Me siento al lado de mi abuela después de ponerles un café a la mayoría y abrir unas pastas que ha traído doña Encarnación. Mi abuela está muy a gusto entre ellas, preguntando con interés sobre vivos y muertos, sobre las obras que hay en la entrada del pueblo y sobre lo mala que viene la cosecha este año con la dichosa sequía.

—¡No ha caído ni gota! —se lamentan.

Vuelve a sonar el timbre y al abrir me encuentro a Celestino, que me dice «hola» desde la puerta sin atreverse a mirarme a los ojos.

—¡Hola, Cele! ¿Cómo estás?

—¡Aquí! —dice mientras me da dos besos y me agarra un poco más abajo de la cintura.

—¡Cele, para, que te doy un tortazo!

—¡No te pongas así, Cande, que sabes que te quiero mucho!

—La criatura lo hace sin maldad —dice doña Angustias.

—La naturaleza no sabe si uno es listo o es tonto —interviene doña Encarnación.

Hablan de Cele como si no estuviera allí y él responde con risas desordenadas a los comentarios de las mujeres que hay en la salita.

Mi abuela se asegura de que yo haya dejado las flores en agua para bajarlas al cementerio después de comer.

—¡Candelaria, acércate a la plaza y tráete avíos para hacer algo de comida! —me manda mi abuela.

—Yo te acompaño —grita Cele, levantándose de la silla como un resorte.

—De ninguna manera —se anticipa doña Dolores—. Os venís a mi casa, que tengo pisto con huevo.

—O a la mía, que tengo sopa de ajo y estoy sola —se mete doña Virtudes.

—¡Mejor el pisto! —insiste doña Dolores, señalándome—. Que le dé una miaja de lustre a Candelaria, que se está quedando sequita la pobre.

Ni a mi abuela ni a mí nos apetece ir a casa de nadie, así que aceptamos que nos traiga cada una de ellas una tartera con la sopa de ajo y el pisto. Todas van poco a poco desalojando la casa y Cele se encarga de venir con la comida después de pasar por casa de doña Dolores y de doña Virtudes.

Yo aprovecho para entrar en el baño a cambiarme, porque mi abuela se ha empeñado en que para ir al cementerio tengo que vestirme de negro. No tengo nada, así que me pongo una camisa de mi madre que encuentro en el armario. Verme con ella puesta me da ternura, es como tenerla conmigo.

—¿Hasta cuándo te quedas? —me pregunta Cele, al darme la comida que acaba de traernos.

—Me voy esta misma noche, seguramente.

—¿Me das un beso, Cande?

Se lo doy sabiendo que me va a volver a tocar el culo, pero pienso por un momento que me da igual.

—Venga, ya, Cele, vete a tu casa —le paro porque él no tiene límite.

—¡Qué *lastimica* da el pobre! —exclama mi abuela, compasiva, mientras ponemos la mesa para comer.

La tumba de mi madre está muy bien cuidada. Tiene flores frescas y tan sólo hay que quitarle algo de polvo por encima. Mi abuela reza mientras yo paso un trapo húmedo antes de colocar las flores que le hemos traído, y me reprocha que no rece ni un padrenuestro delante de ella. Después, empezamos a sacar las flores del plástico de celofán que las envuelve.

—Te quería contar un secreto —me dice mi abuela un poco misteriosa.

—¡Dime! —le pido, colocando un puñado de claveles en la jardinera de obra que hay a los pies de la lápida.

—¡Yo hablo con ella!

—¿Con quién?

—Con tu madre.

—Sí, abuela. Yo también la tengo muy presente.

—No me estás entendiendo. Yo le hablo y ella me contesta.

—Eso es imposible —le digo, sin desvelarle mis conversaciones con el ojo de cristal.

—Y no sólo eso... —vuelve a ponerse misteriosa.

—¿Qué más? —me desespero un poco.

—Que tiene poderes.

—¿Poderes? —me río.

—Sí, puede ver lo que hacemos. No todo, pero algunas cosas.

—¿Y eso por qué lo sabes?

—Porque me lo ha dicho ella.

—¿Ah, sí? —me hago la incrédula—. ¿Y qué más te ha dicho?

—¡Que dentro de poco va a pasar algo sorprendente!

Fermín sorbe la sopa con mucho cuidado porque quema demasiado y además cada vez le tiembla más la mano en ese viaje del plato a la boca. Aun así, está contento porque se ha hecho unos análisis y el médico le ha dicho que está todo perfecto. Que no se pase con la sal, que cene fruta, que no coma fritura y que siga dando esos largos paseos con Chelo. Fermín camina con mi perra casi todas las mañanas, y mientras lo hace le va contando su vida, lo mucho que trabajó, lo feliz que fue con Agustina, lo solo que se quedó cuando ella murió... Pero la conversación no sólo es nostálgica, Fermín le habla a Chelo de política, de economía, le cuenta las noticias y hasta los partidos del Real Madrid. Él y Chelo pasean por el parque al mismo paso, y si se les observa de cerca, parece que ella entiende perfectamente lo que él le dice. Fermín me insiste en que tengo que cruzarla y que ya le buscará él un perro en el parque. Le advierto que ni se le ocurra y le dejo murmurando sobre las necesidades de Chelo, mientras apura su sopa, que ya va quemando menos.

La relación de Iván y Lorelain sigue bien. Lo sé porque ha vuelto a hacer volteretas en el restaurante y a dar patadas y golpes al aire, lo que supone la mejor demostración de que está contento. Él sigue con su curso de cocina, aunque en el último *casting* tampoco le fuera bien. Akanke sigue igual de eficaz en el bar y mi abuela acierta cada vez más veces con su nombre. Últimamente se arregla mucho para venir a trabajar y está guapa, aunque Loli diga que da igual que las negras se maquillen porque no se les nota. Es como cuando toman el sol, asegura, que lo hacen sin ninguna necesidad. Yo le llevo la contraria, aunque pienso que un poco de razón sí que tiene. Loli me dice que cuando terminemos con los menús quiere contarme un cotilleo del que se ha enterado.

En El Cancerbero, Tomás se sigue comportando como siempre. Es el centro de atención de la mesa de sus subordinados, hablando alto y riéndose de anécdotas policiales. Respecto a mí, nadie diría que hemos estado juntos, pero tampoco nadie sospecharía que había estado con Loli, si ella no lo hubiera contado. Es muy discreto, y eso me gusta.

Hoy apenas tres personas han elegido las berenjenas rellenas del menú, no le apetecen a casi nadie y las vamos a tener que tirar. Cuando hay chuletitas de cordero, casi todo el mundo las quiere, y hoy además ha salido especialmente jugoso el pollo en salsa, así que nadie se decanta por las berenjenas. El restaurante está lleno, como siempre a estas horas y prácticamente con las mismas personas. Una coreografía casi idéntica día tras día, pura rutina. Me rodean las mismas cosas, la misma gente que hace lo mismo, pero yo me siento distinta.

No asumo que todo tenga quc scguir igual, pero tampoco me agobian las cosas tal cual son. Tendré que cambiar algunas, pero reparo en que la mayoría tan malas no son.

El restaurante se va desalojando poco a poco; Iván hace el pino al lado del servicio, Akanke recoge las mesas luciendo unas mallas ajustadísimas que resaltan su irreprochable figura, y mi abuela se lamenta del desperdicio de las berenjenas.

—¿Nos tomamos un café? —le propongo a Loli, ya con el bar casi vacío.

—¡Venga, yo te lo pongo! —se ofrece.

—¿Cuál es ese cotilleo que me ibas a contar?

—¿Sabes con quién está liado Cifuentes? —me dice sin más preámbulos.

—No tengo ni idea, la verdad —me hago la tonta—. ¿Tú y él ya no os veis?

—¡Qué va! Ahora está encoñado con otra, y se le nota.

—Tú sabrás, que le conoces mejor que yo —sigo disimulando.

—Él no puede cambiar. Si no es con una, es con otra...

—Tampoco será para tanto...

—¡Ay, Cande! Es que no te fijas en lo que te rodea.

—¿En qué no me fijo? —le pregunto, sin saber de qué me habla.

—¿Tú has visto cómo va Akanke? —me dice, señalándola con la mirada—. Mira qué mallas lleva y lo maquillada que va.

—¿Y eso qué tiene que ver?

—Pues que está liada con Tomás, que no te enteras, Candela.

—¿Estás segura?

—Les he visto. Un viernes la estaba esperando y ella se montó en su coche.

—A lo mejor la acercó al metro, tú qué sabes —digo, incrédula.

—Akanke llegó el lunes siguiente diciendo que había estado en Toledo.

—¿En Toledo?

—Es que Tomás se lleva a un hotel de allí a todos sus ligues.

—¿Ah, sí?

—Como lo oyes.

—Bueno, que cada uno haga lo que le dé la gana —digo, levantándome de la silla—. Y no somos nadie para meternos en la vida de los demás.

—Mujer, tampoco es para ponerse así. Cualquiera diría que te ha molestado.

Joaquín me ha propuesto un par de planes para este fin de semana. Uno de ellos era viajar juntos a Granada para hacer algo de turismo e ir a los toros, porque al parecer hay allí una buena corrida. Otra posibilidad es irnos a Alicante y desde allí acercarnos a ver el hotelito que quiere montar al lado del mar cuando definitivamente pueda dejar a su hijo al cargo de sus restaurantes. Aunque creo que me va a horrorizar, tengo curiosidad por ir a los toros con él, de tanta pasión que pone al contarlo, y también me apetece ver su proyecto del hotel, que me describe con tanta ilusión. Me cuenta que se trata de un edificio abandonado que hay que renovar por completo, pero que está pegado al mar, en un lugar exclusivo. Me iría con él a Granada, a Alicante o a cualquier sitio, pero me parece demasiado arriesgado pasar juntos dos noches tan pronto. No es por aquello que le pasó, pero considero que debemos conocernos un poco más antes de levantarnos en la misma cama.

Al final, vamos a ir a la ópera, a la que Joaquín también es muy aficionado. Yo no he ido en mi vida y, a pesar de la ilusión que me hace, siento nervios porque no sé si sabré comportarme, ni siquiera sé qué ponerme. Mi referencia más próxima a la ópera es la escena de *Pretty Woman* en la que Richard Gere lleva en avión a Julia Roberts a ver *La Traviata* y ella acaba llorando de la emoción. Las diferencias son notables entre Julia Roberts y yo, entre Joaquín y Richard Gere, el avión, el vestido largo de terciopelo rojo de ella, el esmoquin de él, la joya que Julia lleva en su cuello..., pero hay algo en lo desconocido del plan de esta noche que me hace mucha ilusión y me inquieta. No voy a ponerme un vestido largo, entre otras cosas porque no tengo ninguno, pero tampoco voy a ir en vaqueros. Joaquín no me ha sido de gran ayuda, porque al pedirle consejo sobre cómo debería ir vestida me ha contestado con la siguiente frase: «Tú ponte guapa», algo que me ha confundido aún más.

Joaquín tiene dos abonos en el teatro Real desde hace algunos años. Me cuenta que se aficionó a la ópera por su exmujer. A ella le estará siempre agradecido por haberle despertado el interés por los libros, la música, los viajes, la cultura en general. Era una mujer muy sofisticada, de buena familia, que ayudó a Joaquín a relacionarse socialmente y a abrirle la visión tan reducida del mundo que tenía hasta entonces. Luego se separaron y ella se volvió a casar, pero cuando Joaquín me habla de ella siempre lo hace con cariño y se intuye una buena relación.

Esta noche quería venir a recogerme a mi casa, pero yo he preferido que nos viéramos cerca del teatro.

—¡Qué guapa estás! —me dice, dándome dos besos.

—¿Te gusta?

—¡Es muy elegante!

No se lo digo, pero todo lo que llevo es de estreno, hasta la ropa interior. Nada de lo que tenía en el armario me convencía, así que me fui de compras. Dudé mucho si proponerle a Araceli que me acompañara, más que nada porque me daba vergüenza, pero me pareció una buena excusa para volver a vernos. A ella le encantó la idea de pasar juntas una mañana como si fuéramos amigas, como si fuéramos hermanas...

Desayunamos primero y luego me llevó a algunas tiendas por el barrio de Justicia para elegir mi vestido para la ópera. Finalmente me decanté por uno verde muy oscuro, que lleva algo de encaje y que creo que me favorece mucho. También me ayudó a elegir los zapatos negros de tacón alto, muy incómodos pero muy bonitos. Araceli y yo nos abrazamos al despedirnos y me agradeció que me hubiera acordado de ella para mis compras. Creo que hasta se emocionó un poco cuando me decía adiós, y sospecho que alguna lágrima se le cayó al darse la vuelta. A mí también me pasó.

La ópera es de Wagner y se titula *El oro del Rin*. Joaquín me explica que seguramente no es la mejor para iniciarse, por su densidad, aunque dura menos de tres horas. Sólo tres, una de las más cortas de Wagner. Pienso que es una broma calificarla de corta, pero Joaquín me aclara que algunas de este compositor duran hasta cinco... Él saluda a los vecinos de asiento y al presentarme les cuenta a todos que es mi primera experiencia. Las señoras, muy elegantes, la mayoría mayores que yo, y casi todos los hombres con traje oscuro. Joaquín lo lleva negro y su corbata es verde oscuro, casualmente casi del mismo tono que mi vestido. Cualquiera diría que nos hemos vestido juntos. Todo el mundo se muestra amable con él y por supuesto conmigo. Al abrirse el telón vuelvo a acordarme de Julia Roberts en *Pretty Woman* cuando Richard Gere le dice que la música tiene tanta fuerza que no hace falta entender lo que cantan en el escenario. El saludo de la orquesta antes de empezar a tocar con todo el teatro en pie aplaudiendo me llega a emocionar, y eso que todavía no ha empezado...

La música es extraña, yo diría que poco rítmica, pero es impresionante la potencia con la que suena a través de la orquesta, tocando a tan poca distancia. Una mujer canta sola en escena y pronto se le añaden otras dos más con las que aparentemente discute; lo hacen en alemán, así que más bien es intuición. A pesar de los subtítulos que van pasando en las pantallas, me parece tan complicada que no me entero. Además, se me olvida leerlos mientras miro los gestos de los cantantes. La verdad es que no sé lo que está pasando, no sé si los hombres son monjes y ellas diosas o si son mujeres normales y ellos soldados... Me agobia no entender nada. Toda la música me suena trágica y las voces muy impresionantes, la verdad, pero también me parecen un poco desquiciantes. El público a mi alrededor parece pintado, absolutamente inerte ante lo que pasa en el escenario. Sin que se me note, miro el reloj y veo que llevamos poco más de media hora. Joaquín me mira y me sonríe y yo le devuelvo la sonrisa, disimulando que *El oro del Rin* me está resultando efectivamente demasiado densa. Por un momento pienso en las que duran cinco horas y me entra la risa. Un señor con túnica canta junto a una mujer y otros dos hombres, que creo que representan espíritus —yo qué sé—, deambulan por el escenario y de vez en cuando cantan algo parecido a una contestación a los actores principales. Mi risa va en aumento y eso me empieza a preocupar. Estoy a punto de no poder controlarla y es algo que me pone un poco nerviosa, espero que no me dé un ataque en medio de este dramón. Esa reflexión me hace más gracia y empiezo a taparme la cara y a esconderla para que no se me note que no puedo parar. Me lloran los ojos, me entra calor, es imposible contener la risa porque todo me hace cada vez más gracia. Yo vestida de estreno, las mujeres y los hombres del escenario con sus voces privilegiadas cantando o hablando en alemán, algo que aumenta mi desasosiego, el público tan concentrado en la obra y mi risa que cada vez me da más risa. Joaquín se da cuenta del ataque que me ha entrado y al mirarme se pone serio, parece que se enfada conmigo. Es sólo un momento porque al volver a mirarle, él también se ríe.

—¡Voy un momento al baño! —le hablo al oído, entrecortada por la risa.

—Y yo contigo —me responde.

Menos mal que estamos al lado del pasillo y nos marchamos de allí sin molestar demasiado mientras en el escenario continúan cantando en alemán profundo una tragedia que sigo sin comprender.

—Debería haber visto *La Traviata* —le digo a Joaquín, un poco avergonzada, nada más salir del teatro.

—¡La verdad es que ésta es un coñazo! —me reconoce entre risas.

Nos abrazamos y nos besamos en la misma puerta del teatro y por un momento me veo protagonista de una comedia romántica. Hacía mucho que no me reía tanto, y Joaquín me gusta cada vez más.

—¡Llévame a tu casa! —le pido entre beso y beso.

—¡Lo estoy deseando! —me contesta.

En el taxi seguimos besándonos, parecemos dos adolescentes. Él coge mi mano y la lleva hasta su entrepierna. Al sentirla entiendo que no va a pasar lo de la última vez y eso hace que me excite mucho más. Estoy deseando que llegue el taxi a su portal, subir a su casa y hacer el amor.

—¿Qué es eso? —me pregunta.

—Es mi móvil, que lo tengo con el vibrador.

—¡Cógelo, mujer! No vaya a ser algo importante.

—¡No creo! —contesto, sin ningunas ganas de descolgar.

—Pues parece que insisten.

Miro el móvil y es Araceli. Es un poco extraño.

—¡Hola, Araceli!

—¡Hola, Candela! Siento interrumpirte...

—¿Pasa algo?

—Benito ha muerto. Pensé que debías saberlo.

La noticia que me da Araceli me deja descolocada. Hay un momento en el que me gustaría alegrarme, pero no me sale. Tampoco siento tristeza, ni siquiera indiferencia. Porque indiferentes son las cosas que no te afectan, y la muerte de Benito me hace pensar. Sobre todo en mi madre, pero también en Araceli y en el dolor que él le causó, muy superior al mío, si es que la intensidad del dolor pudiera medirse; y en esa definición de Benito como un virus que contamina todo lo que toca. Y recuerdo también esa conversación con el ojo de mi madre, o con mi madre —quién sabe—, cuando me dijo que Benito merecía la muerte. Precisamente esa frase me retumba en mi cabeza.

Joaquín me escucha tomándonos dos *gin-tonics* en su casa. El deseo desapareció después de aprovechar la noticia que me ha dado Araceli para contarle buena parte de mi vida. Con Joaquín me he sincerado más que con nadie, le he hablado de mi madre, de los abusos que había borrado de mi mente y que la memoria me devolvió al cruzarme con Benito, de mi penosa relación con los hombres hasta hace muy poco, de la sensación de tener, de repente, dos hermanos... Me invita a quedarme a dormir, pero prefiero volver a casa. Si no es por una cosa es por otra —bromeamos mientras me despide en la puerta—, lo nuestro se está haciendo de rogar.

José Carlos fue al entierro, pero Araceli no. Yo, por supuesto, tampoco. José Carlos y un hermano de Benito, con el que apenas se veía, fueron los únicos familiares presentes. El resto fueron empleados de sus empresas. José Carlos y Araceli se llevan bien. Él entiende que su hermana odie a Benito y ella respeta que él no sienta lo mismo. Los sentimientos no siempre tienen coherencia. Casi nunca la tienen. Los recuerdos que José Carlos tiene de Benito son los de un padre cariñoso con el que iba al fútbol todos los fines de semana, que le ayudaba con los deberes y que le llevaba a clases de tenis. Nunca fue consciente del drama que se vivía en la habitación de al lado hasta que de repente se hizo mayor y explotó la verdad. A partir de ese momento, José Carlos y Benito no se volvieron a llevar bien, pero ya era tarde para que la razón acabase con el cariño. O para sentir que debía dejar a su padre definitivamente solo.

Araceli se muestra más o menos respetuosa, pero no se la ve afectada. Intuyo que ni siquiera por dentro. Creo que la muerte de Benito le ha dado igual, ella sí que ha sentido realmente indiferencia. Tantos años de tratamiento seguro que le ayudaron a superar su trauma, si es que algo así puede superarse alguna vez.

A Araceli se le escapa un amago de risa cuando José Carlos me está relatando la muerte de Benito. Por lo visto, es más frecuente de lo que parece, pero a mí me resulta una muerte absurda, otra más en mi vida. Benito se ahogó con una loncha de jamón serrano. Eso han revelado las primeras pruebas de la autopsia después de que su asistenta se lo encontrara en la mesa del comedor con media loncha fuera y media dentro de la boca. La noche anterior decidió cenar ligero, así que se acercó él mismo al mercado a comprar un poquito de jamón. Es raro que le pidiera al charcutero que se lo cortara con la máquina, porque lo habitual en él era pedirlo a cuchillo y del bueno. Sería el destino el que le hizo cambiar de opinión y pedir ciento veinte gramos en lonchas no demasiado finas. Llegó a su casa, puso la tele y se sentó a cenar sus lonchas de jamón con un poco de pan y un poquito de fruta pelada. Debió de ser la segunda loncha la que se le quedó enganchada en la garganta, y no pudo ni sacarla ni meterla. Se pondría nervioso, sospecha José Carlos, y eso empeoró las cosas. O que no atinó a tirar de la loncha y la metió más para dentro, apunta Araceli sin disimular que algo de gracia sí le hace. Parece extraño que no fuera capaz de tragar o escupir. José Carlos no lo termina de entender.

Benito ha dejado tres empresas muy solventes y varios pisos en los mejores barrios de Madrid. Lo suficiente para que sus herederos tengan la vida solucionada. Yo no lo soy legalmente, ni quiero serlo de ninguna manera, aunque José Carlos y sobre todo Araceli me insistan en que debería quedarme con una parte. Su empeño tiene que ver con querer seguir manteniendo nuestra relación y dicen que les parecería injusto que ellos tuvieran todo y yo nada. Por educación, por creencias o por lo que sea, José Carlos y Araceli se toman muy en serio lo de tener la misma sangre. Los dos quieren que me sienta su hermana y creen que la herencia puede ayudar.

No niego que en algún momento he pensado que ese dinero me haría la vida más fácil. Sí, pero fácil para qué. No sé contestar a esa pregunta. Hay algo que me entristece cuando les escucho decir que esa herencia podría ayudar a cumplir mis sueños, a hacer realidad mis ilusiones. Y entonces me da pena pensar en que nunca las he tenido, ni ilusiones ni sueños... Aprendí a no tenerlos, a no imaginar una vida distinta de la que tengo. La hija de la tuerta, la dueña del bar del barrio, la de la perra fea, ésa soy yo.

Chelo está un poco apática últimamente. Estoy pensando en llevarla al veterinario para ver si le da unas vitaminas que le den un poco de energía. Eso sí, aún tiene la suficiente para ladrar cuando llaman a la puerta. Se pone de mal humor si la que lo hace es mi abuela, como pasaba cuando era mi madre la que venía a visitarme. Si viene Fermín, los ladridos de Chelo son distintos, se mueve alegre en círculo meneando el rabo, deseando que yo abra. Cuando es mi abuela, la perra gruñe y mira a la puerta con ganas de guerra.

—¡*Jodía* perra! —protesta mi abuela, mientras aparta a Chelo con la pierna.

—No te esperábamos —intento justificar el recibimiento de Chelo.

Le ofrezco un café, pero ella me dice que prefiere agua. Ya se ha tomado uno esta mañana y luego le sube la tensión. Es domingo y en la televisión están poniendo una película de alguna niña secuestrada, como todos los domingos por la tarde. Chelo se queda mirando la tele hipnotizada, y mi abuela me pide que mañana compre algo de pescado para rebozar y filetes de ternera para empanar. El pescado lo pondrá con ensalada y la carne la acompañará de patatas. Loli hará lentejas de primero y macarrones, que son sencillos y suelen pedirlos mucho.

—Quería hablar contigo, Candelaria —me dice, echándose hacia delante en el sofá. La escucho mientras remuevo el azúcar de mi café. Le está costando arrancar—. ¡Estoy cansada!

—Mujer, pues échate un rato si quieres.

—No necesito una siesta... Lo que necesito es descansar del todo.

—¿Qué quieres decir?

—Pues que estoy vieja, Candelaria.

Mi abuela se recuesta de nuevo en el respaldo del sofá. Bebe agua y me dice lo que yo ya sospecho que me va a decir.

—Creo que ya me he ganado la jubilación.

Me levanto y me siento en el brazo del sofá para darle un beso.

—¿Quieres dejar El Cancerbero?

—Sí, ya sé que te hago una faena, pero creo que ha llegado el momento.

—¡No te preocupes, ya nos apañaremos sin ti! —le digo, cogiéndole la mano.

—Vamos, que no crees que yo sea tan importante. —Se enfada de repente. Ella es así.

—Yo no he dicho eso.

—Sí que lo has dicho. Has dado a entender que da igual que yo esté o que no esté. —No le contesto para intentar encauzar de nuevo la conversación. Basta con darle otro beso y bromear llamándola cascarrabias para ponerla otra vez de buen humor—. Lo que quiero es irme al pueblo a cuidar de mi casa hasta que el Señor me lleve.

—Te queda mucho para eso.

—No sé si tanto como para verte casada antes de morirme.

—¡Qué empeño con morirse!

—Candelaria, es que no quiero que te quedes sola.

—Sola tampoco se está tan mal.

—Oye, Candelaria... —se detiene un momento, como sin atreverse a seguir—, tú no tendrás un problema, ¿no?

—¿Qué problema voy a tener?

—¿No serás una lésbica, verdad?

—¡Lesbiana, abuela, se dice lesbiana! —le digo, después de soltar una carcajada.

—Me da igual cómo se diga. ¿Lo eres o no lo eres?

—No, abuela, no lo soy —la tranquilizo—, pero si lo fuera no pasaría nada.

—Bueno, pero mejor que no lo seas.

Dudo por un momento si contárselo o no, pero me decido a hacerlo porque sé que se va a poner contenta.

—¡Estoy empezando a salir con un chico!

—¡Por fin tienes novio! —se alegra, dándolo por hecho.

—Es un poco pronto para llamarle novio, creo.

—Si estás saliendo, es que es tu novio.

—Visto así...

—¿Y cómo es?

—Es un señor muy guapo y muy elegante. Estoy segura de que a ti te gustaría. —De esto no tengo duda.

—¿Tiene una buena colocación?

—Es dueño de un par de restaurantes.

—Mira, como nosotras.

—No exactamente, un poco mejores.

—¿Qué pasa, que nuestro restaurante es malo?

—Yo no he dicho eso.

—Sí lo has dicho. Has dado a entender que...

—¿Sabes otra cosa? —la interrumpo, antes de que se vuelva a enfadar—. ¡Me quiere llevar a los toros!

—¡Eso me gusta!

—Me lo figuraba.

—¿Y ya habéis hablado de boda?

—¡Abuela, por Dios!

Al final se atreve a que le haga un café, aunque descafeinado. Pasamos la tarde hablando, sobre todo del pueblo. Me doy cuenta de que necesita irse allí a descansar, a atender su casa, como ella dice. Al principio nos costará, pero con Loli y con Akanke creo que nos apañaremos. De Iván, por mucho curso que esté haciendo, no me termino de fiar en la cocina. Mi abuela me dice que lo mejor es que yo también eche una mano... Luego volvemos a hablar de Joaquín y me pide que se lo presente para charlar un rato de toros.

Cuando recordamos a mi madre nos pasamos un buen rato llorando, como siempre. Chelo nos mira y también se pone triste, como si nos entendiera. Se ha hecho de noche y, aunque se lo ofrezco, prefiere no quedarse a cenar. Se vuelve a su casa, va a tomar un poco de fruta y se va a la cama. Definitivamente, está muy cansada.

Cada vez estoy más preocupada por Chelo. No come casi nada y se pasa todo el día tumbada, hasta los paseos con Fermín son más cortos porque al poco rato quiere volver a casa a acostarse. Yo no sé cuánto se quiere a un hijo, supongo que mucho más, pero si pienso que Chelo puede estar enferma, siento cierto desgarro y mucho miedo. Lo siento porque sé que le pasa algo, no está normal. Lleva días buscando mis caricias, mucho más que antes. Fermín también está preocupado y le he propuesto que me acompañe al veterinario. Chelo parece despreocupada por su diagnóstico, es lo bueno de no tener conocimiento. Cuando yo voy a cualquier revisión siempre pienso que me van a diagnosticar algún cáncer incurable, especialmente cuando voy a mi ginecóloga. No soy hipocondríaca, salvo cuando tengo que hacerme una mamografía o recoger los resultados de alguna prueba. De camino al médico llego a fantasear con mi muerte, con la gente llorando en mi entierro, con la pena que le daría a los que me conocen. Hay algo de reconfortante en ese momento en el que me imagino querida y añorada, la protagonista de muchas conversaciones, aunque sea sólo un rato. Nunca he compartido esto con nadie y no sé si le pasará a más personas, incluso a la mayoría, pero yo me siento realmente muy reconocida en ese momento en el que estoy muerta.

Fermín y yo esperamos mientras el veterinario le hace pruebas a Chelo en la sala contigua. Junto a nosotros aguarda una señora con un gato que parece un tigre y una pareja de homosexuales con un galgo cada uno. En las estanterías se amontonan sacos de pienso y un montón de accesorios para todo tipo de animales: abriguitos, huesos de juguete, platos para comer, correas y hasta una especie de patucos para poner a los perritos cuando llueve... Fermín me está tranquilizando en el momento en el que el veterinario nos llama a la otra sala. Chelo se acerca a nosotros para que la acariciemos y a mí se me pone un nudo en la garganta porque presiento que está muy enferma.

—¡Está preñada!

—¿Cómo dice?

—Que su perra está preñada, señora.

—Eso es imposible.

—Señora, le digo que su perra está preñada, eso no es discutible.

—Pues yo se lo discuto, porque mi perra no ha estado con ningún perro. Eso se lo aseguro.

—Señora, no se ponga usted nerviosa. Usted sabrá lo que hace su perra o deja de hacer, pero está preñada.

Por un momento me hacen gracia las palabras del veterinario, al tratarme como a la madre de una adolescente embarazada tras un desliz alguna noche de fin de semana.

—Lo bueno es que no está enferma —interviene Fermín.

—Sí, pero tiene que haber un error.

—Bueno, Candela, a lo mejor no es un error —dice Fermín, asustadizo.

—¿Cómo que no? —le pregunto, empezando a entender.

—Es que en el parque había una señora con un perro negro que necesitaba el pobre desfogarse.

Tengo la tentación de regañarle, pero entiendo que ya no hay vuelta atrás, así que habrá que empezar a asumirlo.

—Espero que al menos sea un perro bonito —le digo a Fermín.

—No —dice, sin dudar lo más mínimo—. ¡Es feísimo!

—Pues no sé lo que va a salir de ahí, la verdad —pienso en voz alta.

—Bueno, si me disculpan —interviene el veterinario—, tengo más clientes.

Fermín, mi perra y yo volvemos a casa paseando. Noto cierta complicidad entre ellos, lo que me hace sentirme desplazada. Me río por dentro pensando en lo feos que serán los perros cuando crezcan, me preocupo por lo que vamos a hacer con ellos y confirmo la sospecha de que entre Chelo y yo la que más posibilidades tenía de tener descendencia era ella.

—¡Tampoco es para ponerse así! —me dice mi madre, intentando tranquilizarme.

—¿Y qué hago yo con los cachorros?

—Van a ser horribles —me dice burlona.

—Me ha dicho la abuela que también hablas con ella.

—Las dos tenéis mucha imaginación.

—Ya sabrás que quiere irse al pueblo.

—Allí estará bien, pero no dejes de ir a visitarla, que te conozco.

—¿Has visto lo de Benito?

—¡Y dale! Soy un ojo...

—¡Huy, perdona! Me sale sin querer.

—¿Te has pensado mejor lo de la herencia?

—Le estoy dando vueltas, pero no la quiero.

—El dinero te ayudará a hacer cosas maravillosas...

—Tú decías que Benito merecía morir. Me acuerdo mucho de esa frase.

—Y muerto está.

—Y qué muerte más espantosa.

—¡Sí que costó, sí!

—¿Cómo que costó?

—Nada, nada.

—¿Qué quieres decir?

—¡Olvídalo...! ¿Qué tal con Joaquín?

—No me cambies de tema —intento imponerme—. Desde el principio pensé que en la muerte de Benito había algo raro.

—¿Qué va a haber de raro?

—¿Qué es lo que dices que costó?

—Te he dicho que lo olvides...

—Mamá, ¿has sido tú?

—Yo sólo soy un ojo.

—¡Tú le atragantaste!

—Fue la loncha de jamón, que ni salía ni entraba.

—Eso ya lo sé, pero tú lo provocaste.

—El caso es que merecía morir y murió. Así son aquí las cosas.

Lo peor de no ser celosa es no haber tenido demasiadas oportunidades para serlo. Hay personas que dicen que lo son o no lo son con absoluta seguridad, pero yo no lo tengo claro. Es posible que nadie me haya gustado lo suficiente como para importarme que se interesara por otra, o quizás en muchos momentos de mi vida me he sentido tan inferior que lo he considerado normal.

Loli tenía razón sobre la relación que Tomás mantiene con Akanke. Son discretos, es cierto, pero fijándote bien en sus movimientos, como lo hago yo desde que me enteré, es evidente que el inspector y la camarera están juntos.

Tomás no es consciente, pero con sólo dos encuentros, sin ningún sentimiento parecido al amor, ni siquiera especial cariño, me ha descubierto que el placer no tiene por qué ir acompañado de culpa. Mi relación con el sexo está contaminada desde antes de saber ni tan siquiera lo que era. Han sido demasiados años sin ser capaz de recibir placer de ningún hombre, de disfrutar cuando te tocan, cuando te besan, cuando te follan... Sola podía sentir, pero hacerlo con alguien revivía mi trauma, supongo. Pienso que quizás por eso los elegía tan torpes.

Con Tomás me he dejado, he sido capaz de abandonarme a que me hicieran, a confiar en un hombre sin temor a sufrir daño. Todo eso ha sido él para mí, habiendo sido yo tan sólo una más en su lista. Veo pasear a Akanke por el restaurante con sus mallas ajustadas y a Tomás mirando su culo envidiable y lo único que me sale sentir es alegría por ellos. Creo que con Tomás no hay más recorrido, si es que alguna vez lo hubo. Se acabó. Lo asumo, no me importa y es posible que hasta me guste. Ya no tengo ganas de volver a estar con Tomás, pero siento mucho agradecimiento hacia él. En cierto modo, fui yo quien le utilizó.

Me gustan las bodas, seguramente porque no he ido a demasiadas. En realidad, es una excusa para estrenar un modelito y vestirte como nunca lo haces. Y, aunque no siempre sucede, también es una oportunidad para pasártelo bien. Voy en el AVE camino de Valencia a la boda de Matías. Luis y él se casan este mediodía y quiere que sea una de las testigos. La boda ha sido por sorpresa, tanto que hace sólo cinco días que me lo dijo. Los mismos cuyas tardes he empleado en buscar un vestido, aunque finalmente me compré el primero que había visto. Siempre me pasa lo mismo.

Luis es valenciano y a Matías le han concedido un traslado a Valencia hasta que salga la promoción para inspector. En muy poco tiempo va a cambiar de ciudad, ha cambiado su vida y, en cierto modo, quién sabe si también la mía. Cuando Matías me contó que se casaba con Luis, nos dio vértigo pensar que la novia de esa boda podría haber sido yo.

Matías por fin reunió el valor para decírselo a su madre, y como tenía miedo, decidió hacerlo de golpe. Al mismo tiempo le comunicó las tres cosas: que era gay, que tenía novio y que se iba a casar. Mi amigo el policía temió lo peor, pero a su madre, doña Francisca, que así se llama, sólo le sorprendió lo del novio y lo de la boda, porque lo de que era gay ya lo sospechaba ella desde hacía años. Matías me cuenta que en el fondo se enfadó ante la reacción tan positiva y civilizada de su madre. Él iba preparado para vivir una tragedia plena de reproches y llantos, pero doña Francisca le dijo que lo importante es que fuera feliz y le dio un abrazo y muchos besos. Así, simplemente.

La ceremonia será íntima, unas quince personas más o menos, que nos iremos a comer una paella a la playa después de que los case el juez. Los padres, un hermano de Luis y algunos amigos suyos. Y por parte de Matías va su madre; Tomás, que es su jefe, y un par de compañeros de la comisaría. A mí me ha dicho que vaya con la persona que quiera y he decidido invitar a Joaquín.

Nunca había viajado en AVE, pero me da vergüenza contárselo a Joaquín, que además ha comprado los billetes en preferente. Aquí pasan un carrito para que elijas el periódico que quieras, te traen el desayuno a tu asiento y antes te ofrecen una toallita caliente para que te limpies las manos. Yo, muy natural, no he hecho ningún comentario, como si todo eso me pareciera de lo más normal.

La última vez que vine a Valencia lo hice con mi madre y con mi abuela y tardamos más de cinco horas en el coche. No sé cuál de las tres pensó que era buena la idea de hacer un viajecito a la playa para celebrar que yo acababa de sacarme el carnet de conducir. Entre mi poca experiencia, que a mi madre le parecía que ir a noventa era ir muy rápido, y mi abuela, que se mareaba constantemente, el viaje fue una tortura. Llegamos agotadas y dormimos en una habitación triple de un hotel horroroso para al día siguiente pasarnos en el coche otras cinco horas en el viaje de vuelta.

Joaquín ha reservado una habitación en uno de los mejores hoteles de Valencia. Esta noche dormiremos aquí y antes nos arreglaremos para ir a la boda. Me excita esa situación y me pone nerviosa. Hubiera sido mejor haber tenido más tiempo para estar juntos, pero disponemos del justo para ponernos guapos y llegar puntuales. Joaquín se hace perfecto el nudo de la corbata mientras le pido que me suba la cremallera del vestido. Parecemos un matrimonio, aunque a ninguno de los dos se nos olvida que, por unas cosas o por otras, no hemos consumado. Tendrá que ser esta noche.

Las madres de los novios y yo somos las únicas mujeres de la boda, así que no es difícil destacar. Voy con un vestido azul claro y el pelo suelto porque yo sola no me atrevía a hacerme un recogido con el poco tiempo que he tenido para arreglarme. Tardo mucho y casi nunca me queda como yo quiero. Los dos novios van con un traje blanco y sin corbata, aunque a Luis le queda mejor porque en Matías parece un disfraz. Mi abuela diría que tiene pinta de heladero.

Tomás me saluda efusivo en la misma puerta del juzgado, cogiéndome de la cintura para darme dos besos.

—¡Qué guapa estás!

—¡Gracias! —le respondo sonriente—. Mira, éste es Joaquín, un amigo. Él es Tomás, inspector y compañero de Matías.

—¡Encantado! —se dicen los dos a la vez, tendiéndose la mano.

Los novios están radiantes delante de una jueza que lee sin demasiado entusiasmo y bastante prisa varios artículos del Código Civil antes de declararles oficialmente casados.

—¿Ya? —dice doña Francisca, un poco defraudada.

—¡Esto ni es una boda ni es nada! —sentencia la madre de Luis, que no sé cómo se llama.

—¡Vivan los novios! —se arrancan los dos policías amigos de Matías, para darle un poco de calor a la ceremonia.

El beso de los dos arranca un aplauso forzado y doña Francisca hace un amago de llorar, aunque al final no le sale y la cosa se queda en un suspiro.

La paella en un restaurante en la playa de la Malvarrosa está riquísima. El propio Luis, como valenciano y por tanto experto, nos explica que ésta es la paella de verdad y no la que hacemos en Madrid, a la que ponemos hasta guisantes, dice con cierto desprecio. Los valencianos, me informa Joaquín, se toman muy en serio lo de la paella y admiten pocas bromas cuando se discute de arroces. La paella valenciana lleva pollo, conejo, *bajoqueta,* que es una judía verde, por mucho que digan que es otra cosa, alcachofas algunas veces y una especie de haba gorda que en valenciano se dice *garrofó*. Nada más. Y esto es algo muy serio, al parecer.

Los novios han dividido la mesa en dos, así que los que vamos por parte de Matías estamos juntos. Yo, concretamente, estoy en el medio de Joaquín y Tomás, que han conectado muy bien. Al principio me puse nerviosa por la distribución, pero al ver que los dos conversaban a gusto decidí relajarme. También me ha ayudado el vino, aunque soy consciente de que estoy bebiendo más de la cuenta. Joaquín se interesa mucho por el trabajo de inspector de Tomás y éste le cuenta algunas anécdotas policiales, como siempre, elevando el tono más de lo normal. Sin hacerlo directamente, los dos quieren seducirme a través de la conversación que mantienen entre ellos. Joaquín porque es mi acompañante oficial a la ceremonia y Tomás porque no puede evitarlo. Yo no intervengo demasiado, pero me parece una situación excitante. Joaquín es mi acompañante y me apetece cada vez más llegar al hotel y terminar por fin lo que hemos empezado dos veces. También pienso en Tomás, y cuando recuerdo algún momento en Toledo y en el sofá, me cuesta mantenerme quieta en la silla. Decido servirme más vino al percatarme de que en una mesa con tan pocos invitados voy a tener sexo con Joaquín, lo he tenido con Tomás y hasta con el novio. Cualquiera diría...

La paella y los abundantes postres dan paso al champán. Los novios se levantan y proponen un brindis por la felicidad, por la libertad y por el futuro. Todos aplauden, ellos se besan, yo me emociono y las madres lloran, ahora sí de verdad. Joaquín posa su mano en mi muslo por debajo de la mesa y yo me giro hacia él para darle un beso, dándole la espalda a Tomás. Alguien propone ir a tomar unas copas a otro sitio, pero Joaquín sube su mano un poco más arriba de mi muslo y me propone al oído que vayamos al hotel.

Tomás se junta con sus compañeros de la comisaría y yo me despido de los novios. Matías y yo nos abrazamos un rato largo.

—¡Hemos cambiado tanto en tan poco tiempo! —me dice Matías.

—Tú un poco más... —le digo sonriente, señalando con la mirada a su novio.

—¡No, Candela! Tú tampoco te pareces en nada a quien eras.

Joaquín pide dos *gin-tonics* al servicio de habitaciones nada más quitarse él la chaqueta y yo los tacones. Me da pena porque asumo que sin ellos empeora mi figura, pero me duelen tanto los pies y la alfombra de la habitación es tan mullida que no me resisto a pisarla descalza. A los pies de la cama empezamos a besarnos. Estoy excitada y nerviosa y creo que se me nota porque le beso de una forma un poco compulsiva y tengo la sensación de que me falta un poco el aire. Me viene bien que el camarero llame a la puerta para traernos los *gin-tonics*. Joaquín espera a su lado que nos los sirva en las copas de balón con mucho hielo, y yo lo hago sentada en la cama. El camarero se va feliz, guardándose el billete de cinco euros que se lleva de propina. Joaquín me trae la copa y se sienta a mi lado en la cama. Bebemos, sin hablar, un par de tragos y todavía con la copa en la mano empezamos a besarnos, esta vez más despacio.

No ha anochecido y la poca luz que entra por las cortinas es suficiente para no tener que encender las lámparas y la justa para no estar incómoda. Aún no me siento muy segura desnuda delante de un hombre. Es verdad que estoy más delgada, pero la mejoría es mucho mayor vestida que sin ropa.

Joaquín me coge la copa de la mano y la coloca junto a la suya en la mesita de noche. Vuelve a mis labios y se pone encima de mí. Toca mis pechos, besa mi cuello y noto su excitación al rozarse con mi muslo. Se pone de pie para desnudarse mientras yo lo hago encima de la cama. Me espero para hacerlo del todo hasta comprobar que él se quita también los calzoncillos. Yo también decido quedarme completamente desnuda y él se viene encima de mí. Nos besamos y nos tocamos descoordinados, con más ganas que acierto. Con Joaquín colocado entre mis piernas no me apetecen muchos más preámbulos. Agarro sus glúteos y siento que está deseando entrar en mí. Me mira directo a los ojos y a mí me cuesta aguantarle la mirada cuando voy sintiéndole entrar. Aumenta el ruido de su respiración y yo tampoco puedo controlar mis gemidos, que están siendo un poco altos. Me encanta lo que estoy sintiendo y noto cómo él no puede controlarse, a pesar de no llevar ni dos minutos dentro de mí. Me excita muchísimo que no pueda aguantar y no quiero que intente evitarlo. Agarro sus glúteos y le sujeto con mis manos manteniéndolo dentro de mí. Me estremece que se corra tan pronto, me encanta sentirme así de deseada. Noto perfectamente su final y me recreo mirando su cara justo en ese momento.

—¡Lo siento! —me dice, algo avergonzado mientras recupera el ritmo normal de su respiración.

—¡Me ha encantado! —le digo sincera.

—Me tomas el pelo.

—De verdad que no. Estaba deseando que sucediera.

Joaquín se tumba a mi lado, los dos mirando al techo de la habitación, desnudos encima de la cama.

—¡Me gustas, Candela! —dice, mirándome serio—. ¡Me gustas muchísimo!

La frase de Joaquín suena tan verdad que siento la necesidad de abrazarle y besarle despacio los labios y la cara para corresponderle. Él también me gusta, mucho más de lo que imaginaba, de lo que podría haber previsto. Con su cuerpo junto al mío, todavía iluminados por la luz de la tarde que pasa entre las cortinas, pienso que en este momento no me gustaría estar en ningún otro lugar.

La playa es de arena fina con dunas que impiden ver la vegetación desordenada que hay detrás de ellas y el camino que lleva al edificio abandonado que Joaquín ha comprado para levantar aquí su hotelito con un restaurante de seis o siete mesas. Hemos aprovechado el viaje a la boda para acercarnos hasta aquí porque tenía mucho empeño en enseñarme lo que él llama «su sueño». Me cuenta que es posible que llame así al hotel: «Sueño». A mí me parece un poco cursi, pero me lo callo.

La construcción es la estructura de vigas y forjados de una especie de chalet enorme, que en su día compró un constructor venido a menos. Aquel señor pretendía levantar una macrodiscoteca que fuera referencia en toda la costa levantina, pero tuvo problemas para obtener los permisos y con el paso del tiempo se quedó sin dinero y sin socios. Esa ruina la aprovechó Joaquín para comprar el terreno a buen precio y solicitar los permisos para construir un hotel pequeño, respetando el entorno.

Paseamos por el esqueleto del edificio repleto de grafitis y pintadas, esquivando escombros, cartones, botellas rotas, basura de todo tipo y restos de hogueras, mientras me cuenta en qué lugar irá la recepción, los pasillos, las habitaciones, el pequeño *spa* y el restaurante que pretende convertir en exclusivo. Desborda entusiasmo y lo transmite de tal manera que por momentos sientes que estás comiéndote una langosta en una de sus mesas mirando al mar.

En medio de las ruinas pueden oírse nuestras pisadas y el sonido de las olas llegando a la playa. Joaquín y yo hablamos mucho y de todo. De su hijo, del nuevo hotel, de El Cancerbero, de mi madre, de mi vida, que poco a poco me voy atreviendo a contarle. Todavía no le había confesado que Matías, el novio gay de la boda a la que ha asistido, había sido el mío durante bastante tiempo. Joaquín bromea cuando le hablo de nuestra ausencia de pasión. Lo de Tomás prefiero no contárselo por el momento y seguramente no lo haga nunca porque ni es gracioso, ni es necesario. Joaquín se ríe de sí mismo recordando que la primera vez no pudo y que la segunda fue demasiado breve, y me promete, entre tímido y divertido, que él en todo siempre va de menos a más... Yo le hablo de mi abuela, de Iván y Loli, de mi perra, de Fermín, de Benito, de Araceli y José Carlos, a los que todavía no me sale llamarles hermanos, de Akanke y hasta de mi obsesión con la grasa de la cocina...

—¡Me encantaría que te vinieses conmigo! —me dice de repente.

—¿Adónde?

—¡Aquí! Quiero que formes parte de esto.

—No te entiendo —le digo sincera.

—Me gustas, eres lista, tienes experiencia en un restaurante y yo estoy buscando a alguien para levantar esto...

Tardo un rato en reaccionar. Lo hago porque las cosas tan maravillosas nunca suceden, al menos a mí. Ni siquiera las imaginas porque las cosas bonitas siempre les pasan a otros.

—¿No dices nada? —se impacienta Joaquín.

Me quedo mirándole, los dos solos en medio de esas ruinas, y cuando intento empezar a hablar me pongo a llorar como una niña.

—¿Qué pasa? —dice Joaquín, acercándose a mí para abrazarme.

—¡Nada, que soy tonta! —digo, sin poder parar de llorar.

—¿Estás bien? —Se acerca para darme un beso en la mejilla.

—Hacía mucho tiempo que no estaba tan bien.

Nos abrazamos fuerte. Yo a él un poco más, como si tuviera miedo a que se fuera, a que termine este momento en el que, en medio de los escombros, pienso en una vida nueva, tan lejos de la mía. Con Joaquín me siento libre porque soy realmente yo. Con él me muestro como no lo he hecho nunca con nadie. Tal vez porque no quería hacerlo o, quizás, porque a nadie le interesó.

Tardamos todavía un buen rato en volver al coche que hemos alquilado esta mañana en el hotel de Valencia para venir hasta aquí. Ahora lo dejaremos en la estación del AVE, antes de coger el tren de vuelta a Madrid. Joaquín pone flamenco, su música favorita en los viajes, porque la ópera le gusta más en el teatro o en su casa, afortunadamente.

A ratos se me escapa cantar alguna rumba mezclada con rap de un artista nuevo que a mí me descubrió Iván y a Joaquín su hijo Dani. A los dos nos apetece cantar y a los dos nos da un poco de vergüenza sabernos la letra. Nos reímos cuando nos atrevemos a acompañar al rapero en alto y a dúo...

Lorelain está embarazada. Por lo visto, lloró mucho cuando se enteró, pero cada día que pasa está más ilusionada. Iván no habla demasiado del tema, es como si no fuera con él. Y Loli está preocupada, pero feliz. Cree que es lo más normal, ley de vida. Lore e Iván han decidido empezar a vivir juntos en un piso en el barrio que tiene dos habitaciones, una para ellos y otra para el bebé. Hasta ahora, Iván vivía con Loli y Lorelain en casa de su abuela, que aunque se pasa la mayor parte del tiempo en el pueblo, le ha dicho que allí los tres no se pueden quedar.

Han tenido suerte, me cuentan, porque han encontrado un piso en el que no pagan mucho de alquiler. Además, tiene muebles, aunque sean un poco antiguos, y es bastante luminoso, a pesar de ser un bajo interior. Está casi para entrar a vivir, como mucho hay que cambiar la habitación del bebé, que habría que pintar después de quitarle el papel de la pared, porque es muy oscuro y no pega en el cuarto de un recién nacido. Todavía es pronto para saber el sexo, aunque lo importante es que venga bien, dicen todos cuando sale el tema. La verdad es que a ella le gustaría que fuese niña y a él niño, aunque no quieren hacerse ilusiones. En lo que sí están de acuerdo es en el nombre, porque si es niña se llamará Lorelain, que según ella es un nombre muy moderno, y si nace niño le pondrán Iván, que le hace mucha ilusión a su padre. La pareja se lleva mejor últimamente porque discuten menos de lo habitual. Tienen épocas en las que se aman con mucha fuerza y otras en las que se llegan a despreciar en medio de unas enormes broncas. Luego se reconcilian y coinciden en que todas las parejas tienen sus cosas, es lo normal. Lore sueña con algún golpe de suerte que le permita dejar su trabajo y abrir su propio centro de belleza, y a Iván le agobia esa idea de sentar la cabeza que su madre no para de repetirle. No piensa dejar de imaginar que un *casting* le salga bien y le cojan en algún *reality* para forrarse. La gente de la tele se forra porque ganan en un solo día lo mismo que él en un mes, es algo que sabe todo el mundo. Mientras la suerte les llega, Iván y Lore quieren ser felices y lo son, la vida avanza para ellos. Los dos tienen trabajo, han alquilado un pisito, él puede seguir practicando artes marciales, ella sabiéndose la vida entera de los famosos, él batiendo todas las noches su propio récord en la Play, ella imaginando cómo sería ser su propia jefa el día que pueda abrir su centro de estética.

Benito pudo arruinarme la vida y ahora me la puede solucionar. Desconozco los detalles, pero resulta que estoy en su testamento. Hay dos pisos que son para mí, no son muy grandes, pero deben de ser caros porque están en uno de los mejores barrios de Madrid. Benito tenía una fortuna. Varias empresas más o menos grandes, garajes, pisos. Él nació rico y además aumentó y mejoró los negocios de la familia. Los dos pisos son sólo una pequeña parte, pero supongo que con ellos pretendía limpiar su conciencia. Ni siquiera lo sabían José Carlos y Araceli, que se enteraron cuando el notario abrió el testamento con la última voluntad de su padre... Araceli me ha llamado para contármelo; estaba contenta. Yo le dije que no aceptaba el dinero que ellos querían darme, pero ahora es distinto porque estoy en el testamento; esos pisos son míos. Antes tenía que aceptar la generosidad de Araceli y José Carlos, ahora basta con no renunciar a lo que me ha dejado Benito. Lo reconozco, no hago más que pensar una y otra vez en la frase de mi madre, o de su ojo, quién sabe: «El dinero te ayudará a hacer cosas maravillosas».

—¿Acaso no es verdad?

—Sí, mamá, pero me sentiría mal aceptando esos pisos.

—Son tuyos, te pertenecen. ¿Qué más da quién te los dé?

—No da igual, mamá.

—Podrías venderlos y hacer cosas maravillosas con ese dinero.

—¡Y dale!

—Hazte a la idea de que te los he dado yo.

—Ya sé por dónde vas...

—El caso es que Benito murió, lo demás no importa.

—¿Te cuento un secreto, mamá?

—Claro, yo aquí no se lo puedo contar a nadie.

—Creo que me hubiera gustado matarlo con mis propias manos.

—Tú no eres capaz de matar.

—¿Y tú sí?

—Desde aquí es muy distinto.

—Me entra la risa cuando pienso en esa muerte tan ridícula con la loncha de jamón. ¡Me siento malvada!

—La muerte a veces tiene gracia y ayuda a superar las cosas.

—¿Crees que estando muerto cada vez le odiaré menos?

—Tú no sabes odiar.

—Pero me da rabia ser su hija, tener algo suyo en mis facciones, en mi sangre, en mi cerebro...

—Es sólo genética, no tiene tanta importancia... ¡Mira, de mí sacaste la anchura de caderas y el culo gordo! —dice riendo.

—¡No compares! —bromeo yo también—. Mi culo cada vez está mejor.

—Bueno, no me cambies de tema...

—¿Qué tema?

—¡El de los pisos! Tienes que quedártelos, venderlos, y con ese dinero pagar lo que te queda de hipoteca y el resto invertirlo en el hotelito de Joaquín, empezar de nuevo, viajar, vivir tranquila...

—¡Hasta muerta sigues diciéndome lo que tengo que hacer! —le digo riendo.

—¡Viva o muerta, una madre es una madre!

Hay aire de funeral en el último día de mi abuela en El Cancerbero. No quiero que ninguno de nosotros se lo tome así, pero es inevitable. Mañana mismo se irá al pueblo y el lunes ya no estará en la cocina. No nos habíamos puesto de acuerdo, pero hoy todas nos hemos arreglado un poco más. La primera, mi abuela, que se ha pintado una rayita fina en el ojo y se ha dado un poco de colorete. Loli ha ido por fin a la peluquería, donde han hecho desaparecer su raíz gris en medio de su tinte rubio, que con acierto ha decidido oscurecerse hasta convertirlo casi en castaño claro. Akanke se ha pintado los labios rojos y se ha puesto unos pendientes de aro dorado, dando la impresión de que va a una fiesta más que a trabajar en una cocina. Iván es el único que no ha variado su aspecto, pero seguramente sea el que más triste está, o el que peor lo disimula. Esta mañana se le han escapado unas lágrimas cuando ha abrazado a mi abuela nada más llegar, aunque un poco antes de romper a llorar del todo, se ha dado la vuelta y se ha puesto a caminar sobre las manos haciendo el pino por todo el restaurante.

Todos vamos un poco más lentos de lo normal esta mañana y se nos ha echado el tiempo encima. Mi abuela ha hecho gazpacho y Akanke está picando la cebolla, el pimiento, el tomate y los trocitos de pan para la guarnición. Loli se ha encargado de hacer canelones; el otro primero será sopa de picadillo que teníamos congelada desde hace unos días. Y de segundos, filetes de pollo a la plancha, pescadilla rebozada y ternera en salsa.

Dos chicos que están tomando unas Coca-Colas en la barra son los únicos clientes, pero se está acercando la hora de los menús y a Iván y a mí nos queda todavía montar las mesas. Hay más silencio de lo normal, se escucha nítido el ruido de los platos y los vasos mientras los colocamos, de las puertas de las cámaras de frío al abrirlas y cerrarlas, hasta los chicos de la barra hablan bajito para que no les oigamos.

—¡Iván, pon algo de música! —le pido mientras extiendo en la mesa un mantel.

—¿Qué quieres escuchar? —me pregunta, mirando la lista de música de su móvil.

—No sé, algo alegre.

Iván conecta el altavoz con su teléfono y comienza a sonar música latina. Le pido que no la ponga muy alta, pero se agradece ese sonido de fondo. Akanke sale de la cocina después de picar la verdura para ayudarme en las mesas y creo que se le escapa un bailecito mientras coloca las copas. Fermín entra por la puerta justo después de terminar de montar la última mesa, como siempre el primero. Hoy lleva una chaqueta de color hueso que parece recién salida del tinte, una camisa blanca impecable, una corbata roja con puntitos blancos que sujeta con un alfiler dorado que le regaló Agustina en el último cumpleaños que celebraron juntos. Al entrar al restaurante se quita la gorra y me guiña un ojo señalándome con la mirada un ramo de flores que trae para mi abuela envuelto en celofán.

—¿Dónde está doña Remedios? —dice todo lo enérgico que puede desde la puerta.

—Ahora la aviso —le contesto, sin poder evitar que las lágrimas me llenen los ojos.

Fermín se acerca a la cocina, de donde sale mi abuela secándose las manos en el delantal. Le da el ramo de flores y mi abuela le abraza con tanta fuerza que le descoloca la corbata y le saca algunas arrugas a la camisa.

—¡Qué detalle, don Fermín! —exclama emocionada.

Todos lo estamos, aunque lo disimulemos mejor unos que otros. Hasta los chicos que siguen con sus Coca-Colas en la barra dejan de hablar entre ellos y miran atentos.

—Doña Remedios —dice Fermín con la voz un poco entrecortada—, sólo quería decirle que gracias por darme de comer durante todos estos años...

—¡Calle, Fermín, por Dios, que me va usted a hacer llorar! —le interrumpe mi abuela, que está llorando desde hace rato.

—Y también quería decirle —se rehace Fermín, sonriente— que usted hace el mejor gazpacho del mundo, después del que hacía Agustina, que en gloria esté.

—Pues siéntese —le digo, cogiéndole del brazo—, que precisamente está recién hecho.

Mi abuela pone las flores en un jarrón y las mete en la cocina, los chicos de la barra pagan y se van, deseando suerte a mi abuela, a pesar de que la acaban de conocer. Poco a poco va llegando gente de las oficinas, que hacen el suficiente ruido como para que la música latina vaya perdiendo presencia. Tomás entra el primero de un grupo de policías más numeroso de lo normal, lo que nos obliga a juntar tres mesas. Ellos han subido definitivamente los decibelios. Necesitamos el bullicio que nos devuelva la normalidad en un día tan diferente.

Los platos van saliendo, se van consumiendo, se van lavando y se vuelven a servir hasta que llegan los postres y los cafés y los licores, que la gente toma con las mesas llenas de migas. Fermín hace rato que terminó, pero se mantiene en la mesa apurando su chupito de limoncello. Iván y yo vamos rellenando el lavavajillas, Akanke recoge las primeras mesas que van quedando vacías, Loli termina de poner la fruta en los últimos platos de postre para los más rezagados y mi abuela sale de la cocina, como cualquier otro día cuando ya está casi todo hecho.

En ese momento, Tomás interrumpe la historia que está contando, se levanta de la silla y todos los compañeros hacen lo mismo. De repente comienzan a aplaudir. Fermín también se levanta y se une emocionado al aplauso. El resto de mesas hace lo mismo, aunque algunas personas no sepan muy bien lo que está pasando. Loli sale de la cocina llorando y yo hace rato que no puedo dejar de hacerlo. La ovación a mi abuela es un momento que tiene algo de absurdo, hasta puede que a todos nos dé un poco de vergüenza ajena, pero es imposible no sentir una emoción que, al menos a mí, me llega al cuerpo a través de un duradero escalofrío. Mi abuela llora inmóvil en medio del restaurante recibiendo una ovación como la protagonista de una función de teatro. Tomás y el resto de policías se acercan a ella entre las mesas y uno le da una cajita que mi abuela abre temblándole el pulso. Todos formamos un corro y mi abuela saca de la cajita una cuchara de plata en la que los policías han mandado grabar: «A la mejor cocinera del mundo». Mi abuela lo lee en voz alta y todos volvemos a aplaudirle. Loli dice que todo el mundo está invitado a un chupito y yo amplío la invitación a una copa de lo que quieran. Se quedan algunos habituales de las oficinas, se queda Tomás con la mitad de los policías y se queda Fermín, que no quiere copa e invita a mi abuela a su mesa a tomar un café.

Yo vuelvo a la barra y subo un poco el altavoz donde sigue sonando música del móvil de Iván. Una canción que no identifico con una voz femenina habla de amor, tal vez de una cita de dos amantes, aunque no capto muy bien el argumento. Da igual, se trata de una música alegre que da ganas de bailar, de vivir. Yo también me sirvo una copa detrás de la barra, algo que nunca había hecho. Miro a mi alrededor, observo cada rincón del bar y pienso en lo maravilloso que es lo que acaba de suceder aquí hace un momento con mi abuela.

—¡Candela! —me llama la atención Loli, al verme un poco ausente—. ¿En qué piensas?

Bebo un trago del *gin-tonic* cortito que me acabo de poner y miro a Loli. Realmente no sabía muy bien lo que estaba pensando, pero su pregunta me ha hecho caer en la cuenta.

—Estaba pensando lo mucho que voy a echar de menos este lugar.

En mi habitación he puesto una caja grande de cartón para que Chelo se sienta a gusto cuando vaya a parir. Lo he hecho tal cual me ha indicado el veterinario, que además me ha dado su teléfono, por si llegado el momento algo se complica y tiene que acudir de urgencia. Falta muy poco y estoy aterrorizada. Además, tampoco tengo demasiada fe en que Chelo vaya a saber parir bien. Yo tampoco hubiera sabido, estoy segura. De haberme quedado embarazada le hubiera pedido al médico que me durmiera y me lo sacara sin yo enterarme, como si me extirparan un tumor. Cuando he visto partos en la televisión y me he visualizado en esa camilla con las piernas abiertas y saliendo de ahí la cabeza de un bebé, se me quitaban las ganas de pasar por esa experiencia que algunas definen como tan bonita. A mí me hubiera gustado ser madre, pero ya con el niño fuera.

Chelo parece tranquila, acurrucada en la caja que he puesto en un rincón de mi habitación. Yo estoy sentada en la cama esperando con el móvil en la mano por si sucede algo y tengo que llamar al veterinario. De vez en cuando me acerco a acariciarla, pero ni se inmuta. Le debe de estar doliendo, aunque no se queje, apenas un gemidito mínimo. A lo mejor ella también tiene el miedo que tendría yo si estuviera a punto de parir. Supongo que su instinto le hará saber lo que está ocurriendo, o a lo mejor sólo cree que está enferma sin saber lo que le pasa.

Recuerdo cuando me la quedé, apenas tenía dos meses. Chelo es hija de la perra de la frutera que abastece a El Cancerbero. Su perra había parido y ella no sabía qué hacer con los cachorros, así que iba ofreciéndoselos a cualquiera que se la cruzaba. Una de ellas fui yo, que pensé que sería una buena idea que una perra se viniera a vivir conmigo a la casa que me acababa de comprar. Cuando la frutera me enseñó a las crías, cogí una al azar de las cuatro que había en un canasto de tela, ni siquiera sabía si era macho o hembra, pero una vez que la tuve en las manos ya no podía volverme atrás. Al comprobar su sexo me hizo ilusión que fuera hembra y decidí llamarla Chispa, pero cuando se lo conté a mi madre me dijo que ése era nombre de perra cursi. En ese momento tomé la decisión absurda de ponerle el nombre de la frutera, algo que a ella naturalmente no terminó de gustarle. Yo le expliqué que le había puesto Chelo por el instrumento musical al que era muy aficionada, pero estoy segura de que no me creyó.

Me pongo muy nerviosa viendo aparecer una especie de bola viscosa del interior de mi perra. Está naciendo el primer cachorro y me sorprende que Chelo apenas se inmute. Muy distinto este parto al de las mujeres que he visto por la tele. Todo es muy tranquilo, natural. El cachorrito parece indefenso y Chelo le lame la cara y comienza a moverse desorientado. Ya me dijo el veterinario que no cogiera a los cachorros, aunque siento unas ganas enormes de hacerlo. Chelo se pone a temblar un momento, yo la acaricio y me mira con cara de pena antes de notar que está saliendo otro cachorro al que vuelve a lamer. Definitivamente, sí sabe lo que está haciendo, es instinto. No sé si yo lo tengo, tampoco estoy segura de que lo tengan todas las mujeres que son madres. Pienso muchas veces que se exagera la felicidad cuando se tiene un hijo, que se sobreactúa un poco... Después de nacer el tercero, el cuarto y el quinto vienen casi juntos. Chelo me mira con cara de no poder más y yo aguanto un rato para ver si viene otro, pero todo ha terminado. Los perritos se alimentan y ella comienza a comerse la placenta, tal y como me advirtió el veterinario que podría suceder.

Los cinco se abalanzan desordenados hacia las mamas de Chelo, que está tumbada exhausta e inmóvil, pero satisfecha y feliz, da la sensación. Chelo amamanta a sus cachorros, que buscan el alimento casi a ciegas, por puro instinto. Por sus ganas de vivir o, simplemente, por la necesidad de hacerlo. Yo estoy contenta y me dan ganas de llorar de la forma que más me gusta. Me encanta llorar cuando estoy contenta y cuando no sé muy bien por qué lloro.

Loli podría regentar El Cancerbero. Con la ayuda de Akanke, de Iván e incluso de Lorelain, que también podría trabajar aquí después de dar a luz. Se lo está pensando, porque abrir un centro de estética es demasiado arriesgado y con el bar podrían vivir holgadamente y mantener al bebé. Han decidido que no quieren saber el sexo hasta que nazca, aunque venga lo que venga les hace muchísima ilusión. Sea niña o niño, Lorelain lo apuntará a una agencia de modelos para que haga algún anuncio de bebé. Ella ha visto que hay un montón de famosas que empezaron en la publicidad cuando eran niñas, así que cuanto antes mejor. Iván dice que posiblemente no haga falta lo de los anuncios, porque si es niño podría ser futbolista, que se gana más.

Mi abuela me llama todos los días tres veces desde el pueblo para ver cómo van las cosas. Me pregunta por todo: por el tiempo que hace en Madrid, por la elección de los menús, por si le hemos echado comino al gazpacho, que Loli se empeña y que luego repite, por si como bien, que cada vez estoy más delgada... Ella me cuenta lo que ha hecho cada día con todo detalle. Si ha ido al mercado, con las señoras con las que se ha encontrado y de lo que han hablado con todo lujo de detalles, reproduciendo uno a uno todos los diálogos. Mi abuela está contenta en el pueblo, pero le cuesta no aburrirse y dice que se acuerda cada vez más de mi madre. Hemos quedado en que ella se va a llevar un cachorro de Chelo en cuanto deje de amamantarlos para que le haga compañía. Quiere que sea un macho, aunque cuando le pregunto cómo le va a llamar dice que ya se lo pensará, que eso de poner nombre a los perros no es importante. En su pueblo los perros no tenían nombres, como mucho eran el perro de alguien, y el suyo será el perro de Remedios.

A mi abuela le parece bien que Loli se encargue de El Cancerbero. Dice que es la mejor persona que puede hacerlo si yo lo dejo definitivamente. Además, sigue obsesionada con que me case y está ilusionadísima con Joaquín, seguramente más que yo, al menos de otra manera.

Dice que con ese hombre me ha tocado la lotería. Formal, guapo, educado y encima con dinero. Aunque yo piense lo mismo, me sienta fatal que me diga que no debo dejarlo escapar. La verdad es que Joaquín supo ganársela el día que se lo presenté. Estuvo tan simpático y seductor que por un momento llegué a pensar que la que más le gustaba de las dos era mi abuela. Fue en su restaurante y Joaquín le hizo un recorrido entero por el local, al que mi abuela definió como un primor. Hay que tener en cuenta que ésa es la máxima calificación que ella le puede dar a algo. Joaquín le contó su vida y escuchó la de mi abuela con interés. Se pusieron algo nostálgicos los dos cuando compartieron que habían pasado muchas fatigas. También hablaron de mi madre, siempre presente, del pueblo y de Albacete, la capital, como la llama mi abuela, donde hace muchos años Joaquín toreó una becerrada en la que, como casi siempre, fracasó estrepitosamente. Nos reímos las dos escuchándole hablar de su miedo. Lo peor fue cuando a mi abuela le dio por recordar mi infancia, de lo bien que cantaba copla y de lo gordita que había sido siempre. Joaquín prometió llevarla a un tentadero en la ganadería de un amigo suyo y pasar el día en el campo. Lo que más ilusión le hace a mi abuela de ese plan es que Joaquín y yo vayamos en su todoterreno enorme hasta la puerta de su casa para recogerla. Sueña con la cara que se les va a quedar a sus vecinas cuando nos vean. Algunas hablan más de la cuenta sobre por qué todavía no me he casado con la edad que tengo.

Creo que en mi familia no se hacen las cosas bien. Ni antes, cuando vivía con mi madre y mi abuela, ni ahora que lo hago yo sola. Algo falla o no está lo suficientemente bien. Es una sensación difícil de explicar, pero siempre me parece que en mi casa todo sale peor que en otras casas. Pienso que mi baño está más sucio que el de los demás, que mi sofá es más incómodo que la mayoría de sofás, que mi tele se ve peor, que debajo del resto de camas no hay pelusas, que nunca se pudre nada en otras neveras, que las sartenes están impecables, que las otras personas no sudan las almohadas, que su wifi funciona siempre y lo hace más rápido... Pienso en esos detalles sin demasiada importancia, pero creo que también hay algo en mi vida que debo esconder. Una parte fea de la que todo el mundo podría reírse y yo me moriría de vergüenza, como cuando las niñas se daban codazos al ver a mi madre con el parche en el ojo.

—¡Le pasa a todo el mundo! —me asegura Araceli, riendo.

—¿Tu wifi tampoco va bien?

—Y mis sartenes también se pegan en cuanto pasan unas cuantas semanas.

Araceli y yo nos reímos en una mesa al lado de la ventana. Es la primera vez que viene a El Cancerbero. Quería que supiera dónde trabajo y cómo es el lugar en el que he pasado la mayor parte de mi vida. Le he presentado a Iván y a Akanke, que andan muy liados recogiendo después de la hora de las comidas, sobre todo porque le he dicho a Loli que se siente con nosotras a tomar el café.

—¡La verdad es que os parecéis muchísimo! —es la primera frase de Loli después de las presentaciones.

Araceli y yo nos miramos y asentimos, como asumiendo la evidencia.

—El otro chico que vino se parecía menos.

—Mi hermano José Carlos —le informa Araceli.

—Muy guapo, por cierto, pero las hermanas parecéis vosotras —insiste Loli.

—¡Es que lo somos! —me sale con cierto orgullo.

—¡Sí que lo somos! —corrobora Araceli, entre contenta y sorprendida.

—Loli era la mejor amiga de mi madre —digo, cambiado de tema—, y es como una madre para mí.

—¡Más que una madre! Yo le enseñé a tirar cañas y poner cafés... —dice Loli, bromeando.

—Candela me ha hablado mucho de usted —dice Araceli—. Ya me ha contado que va a ser abuela.

—¡Espero que vengas al bautizo!

—¡Me encantaría! —responde Araceli.

—Y el otro puede venir también si queréis.

—¡José Carlos! —intervengo—, se llama José Carlos.

Loli se levanta porque dice que va a ir con Iván a mirar los carritos para el bebé, mientras Akanke recoge el bar, en el que apenas quedan clientes.

—¡Qué personaje! —dice Araceli cuando nos quedamos solas.

—No sé qué sería de este sitio sin ella...

—Me ha gustado mucho cuando has dicho que éramos hermanas —me dice, sonriendo.

—¡Cada vez lo siento más así!

—Tenemos muchas cosas en común.

—El dolor, por ejemplo.

Me gusta hablar con Araceli. Es la única persona a la que puedo contar eso que me atormenta.

—Araceli, siento vergüenza por lo que me pasó.

—Nos pasa a todas las niñas abusadas.

—Odio la palabra «abusada».

—Es lo que somos. Y se llama así, nos guste o no.

Tengo la tentación de callarme. Me cuesta demasiado hablar de esto, pero tengo que decirlo.

—¡A mí me gustaba!

—A mí también, Candela —me dice con una sorprendente naturalidad.

—Ésa es la vergüenza que soy incapaz de superar.

—Yo tardé años en poder hablar de eso.

—¡Es horrible!

Necesito llorar, me doy cuenta cuando empiezo a hacerlo de repente. Tampoco me apetece contenerme porque ese llanto me ayuda a estar bien. Sólo hay una pareja tomando un café en la barra y no se percatan de lo que pasa en nuestra mesa. Araceli también llora conmigo, aunque ella un poco menos. En eso me lleva ventaja.

—¿Tú ya no sientes esa vergüenza?

—A mí me ha costado años de terapia superarla.

—¿Se puede superar alguna vez?

—La vergüenza sí, el dolor creo que no se supera nunca del todo.

—¿Tú le odias?

—Sí. ¿Y tú?

—Mi madre dice que no sé odiar.

—Me dijiste que no habías hablado con tu madre de esto antes de morir.

—Es una larga historia, ya te contaré —le digo, sin poder evitar una leve sonrisa.

Las dos nos secamos las lágrimas y nos quedamos un rato en silencio. Yo no hablo porque sentiría pudor diciéndole a Araceli lo importante que es para mí. Eso también me da vergüenza; por supuesto, una vergüenza distinta, una vergüenza que, en vez de doler, cura.

Están todos los permisos y las obras a punto de acabar. Poco a poco va llegando el mobiliario, del que también se encarga el mismo estudio de arquitectos que contrató Joaquín para la reforma de Misueño. Finalmente se llamará así, Misueño, todo junto, a pesar de mi empeño en poner otro nombre al hotel. Le insistí en que ése era un buen nombre para una tienda de colchones, pero no ha entrado en razón. Lo cierto es que podría haber sido peor, porque Joaquín estuvo tentado a darle un carácter más internacional, según él, poniéndole una y griega al mi, My Sueño, y pronunciarlo Mai Sueño. A mí, naturalmente, me entró la risa cuando me lo contó. Le sentó mal al principio, pero cuando cayó en la cuenta acabó riéndose más que yo, reconociendo que su idea de llamar Maisueño a un hotel era algo muy ridículo. Joaquín se ríe sin problema de sí mismo, es otra de las cosas que más me gustan de él... Finalmente se nos ocurrió juntar el posesivo con el sustantivo y dejar una sola palabra: Misueño. Poco a poco me voy acostumbrando.

Los meses que llevo con Joaquín parecen años. Puede que suene como algo negativo, porque en las canciones y en las películas románticas se cuenta al revés, pero me parece emocionante sentirme con él como si lleváramos toda la vida juntos.

Misueño está quedando precioso, se nota que los arquitectos que se han encargado del proyecto son buenos. Me parece increíble que hayan convertido aquella casa en ruinas en el lugar que está a punto de ser. El lujo se pierde en la sencillez de todo transformándolo casi en imperceptible. Nada ostentoso, con personalidad, pero lejos de esa modernidad que convierte los sitios en fríos decorados. Aquí sabes que estás en un lugar exclusivo, sin que te lo recuerde nada de lo que te rodea. Nunca imaginé poder formar parte de un lugar así, tan alejado de mi vida y de mi mundo.

Joaquín está tan feliz que cada vez que viene para ver cómo avanza la reforma lo recorre de extremo a extremo entusiasmado, igual que un niño recorre su salón en busca de juguetes la mañana de Reyes.

Faltan algunos detalles de la recepción, que instalen definitivamente la cámara de frío para la cocina, la mayoría de alfombras y que cuelguen las lámparas del salón del restaurante... Yo disimulo un poco más mi entusiasmo mientras recorro entre obreros lo que será el restaurante, pero no puedo negar que este lugar me pone contenta.

Hoy hemos venido a ver cómo ha quedado la suite más grande de las dos que tendrá el hotelito de sólo seis habitaciones. Dos suites y cuatro dobles más normales. Hay gente trabajando en la planta de abajo y en el pasillo de la habitación donde andan colocando las alfombras. Joaquín y yo nos hemos traído del pueblo de al lado unos platos cocinados para comer en el saloncito de la habitación. La suite es maravillosa y, por supuesto, nos apetece estrenarla.

No está buena la comida que hemos comprado, ensaladilla rusa, croquetas de jamón y unos *fingers* de pollo con salsa de queso. Da igual, porque el principal ingrediente de la comida está siendo la cerveza, que se conserva fría en el minibar. En la planta de abajo los obreros hacen ruido trabajando, hablan en alto y se escucha el ruido de martillos, del traslado de muebles de un sitio a otro y de una taladradora. Yo estoy un poco mareada desde la segunda cerveza y llevo la cuarta por la mitad. Joaquín no está mucho más sobrio y le entra la risa por casi todo. Un par de obreros se asoman a la ventana desde un andamio por la parte de fuera para colocar no sé qué cosa y Joaquín abre la ventana para ofrecerles croquetas.

—¡No, gracias! —dicen sonriendo—. Mejor ya ajustaremos este marco mañana. Les dejamos solos.

Los operarios desaparecen y Joaquín se dispone a cerrar las cortinas. Le digo que no, que me excita la posibilidad de que nos vean. Él se sorprende, pero acepta. A veces no me reconozco, y eso también me gusta. Joaquín conecta su móvil a un altavoz y pone música en inglés que no identifico pero que me gusta. Nos besamos al lado de la ventana y él mete su mano por debajo de mi camisa hasta llegar a mi pecho, que acaricia por encima del sujetador. Nos separamos un momento y apuro la cerveza que tengo en mi mano. Estoy mareada y cada vez más excitada. Todavía no quiero que me levante la falda. El ruido de los obreros trabajando en el piso de abajo, detrás de la puerta de la habitación y la posibilidad de que alguno se asome por la ventana y nos vea hacen que mi deseo aumente. Me apetece mucho pasar del salón al dormitorio, desnudarme y estrenar la cama de la suite...

Estamos con quien tenemos que estar. Tenemos imán para el tipo de personas que necesitamos y lo somos para esas mismas personas. Eso del destino no me lo creo, que las vidas se cruzan de manera fortuita no es del todo cierto. Casi no tengo experiencia, pero con la que tengo me es suficiente para entender que si me hubiera cruzado con Joaquín hace quince años no habría reparado en él, y seguramente él en mí tampoco. Si Roberto, mi novio, apareciera ahora en mi vida, le mandaría a la mierda después del primer café, y no me hubiera pasado tanto tiempo enganchada a esa historia ridícula, que de tan poco interesante ni siquiera me hacía sufrir. Ahora estoy con Joaquín y no es casualidad, con él me siento bien porque puedo ser yo.

Ya no puedo con más cerveza, al final me va a sentar mal y vuelvo a abrazar a Joaquín. Cuando me empiece a tocar seguro que se sorprende, le va a gustar. Las cortinas continúan abiertas, en el pasillo sigue el ruido de los obreros colocando las alfombras. Él me va besando mientras me empuja hacia la cama. Me toca el culo por encima de la falda y empieza a subirla con lentitud. Yo sigo mirando hacia la ventana entre la vergüenza de que nos vean y al mismo tiempo deseándolo con todas mis fuerzas.

Joaquín acaricia el interior de mis muslos y despacio va subiendo. Yo le sigo besando con mis brazos alrededor de cuello. Definitivamente, levanta mi falda por completo y al tocarme noto su sorpresa y su suspiro de excitación. No llevo bragas. Me acaricia, siente lo mojada que estoy y no le es difícil meterme dos dedos. Yo me estremezco de pie mientras los mueve dentro de mí y casi tengo que colgarme de su cuello para no caerme. Gimo en alto y eso excita mucho a Joaquín, seguro que se oye desde fuera. Me quito la camisa por encima de la cabeza, sin desabrocharme los botones, y dejo caer mi falda mientras él me quita el sujetador, que también cae al suelo al mismo tiempo... Solo tengo puestos los zapatos y eso me hace sentir bella. Joaquín se desnuda también y me empuja encima de la cama. Yo tiro de su brazo para tumbarle y ponerme encima. No quiero muchos más preámbulos. Me siento sobre él y le beso, notando en mi vientre cómo se va endureciendo, deseoso de entrar en mí. Miro hacia la ventana e intuyo que hay alguien; no puedo verle pero me excita pensar que nos están mirando. Me levanto un poco y me siento encima. Cuando me roza mientras está entrando, gimo, y cuando la tengo completamente dentro, gimo aún más. Empiezo a moverme y noto cómo Joaquín va perdiendo el control. Me encanta dominar la situación, ser yo. Me siento excitada, me siento libre. Veo cómo mi cuerpo se mueve encima de Joaquín, miro mis pechos, mi tripa, mi pubis y su miembro, al que siento mientras miro. Grito de placer y mi propio grito me excita y me libera.

Joaquín está cerca y yo estoy a punto. Quiero aguantar, pero no puedo. Un instante después él también termina, mientras aprieta fuerte mi cintura.

Me quedo un rato encima de él, todavía excitada y con una sensación de felicidad de esas que te mueven la tripa. Miro a Joaquín y siento que cada vez me gusta más, justo ahora, cuando más me gusto yo.

Joaquín se ha quedado dos cachorros, los dos son machos, así que con el de mi abuela y el de Araceli, ya solo me queda uno por regalar. Loli no lo quiere, Akanke dice que no puede, e Iván y Lore prefieren que no haya un perro en casa antes de que nazca su bebé. Joaquín se quiere llevar a los suyos para que vivan en el hotel, al lado de la playa. Les ha llamado Joselito y Belmonte, cosas suyas...

Chelo se recuperó físicamente después del parto. El veterinario me ha dicho que está fenomenal y que ha criado sanas a sus cinco crías. Tiene cuerda para rato y hasta se podría volver a quedar preñada si se descuida. O si nos descuidamos nosotros, mejor dicho.

Tengo claro lo que voy a hacer con el último cachorro y estoy deseando ver la cara de Fermín cuando le dé la sorpresa que quiero darle.

Voy fatal de tiempo, he quedado con él un poco antes de la fiesta en El Cancerbero, y tengo que arreglarme primero. Ya no me da tiempo a pasar por la peluquería, así que tendré que ir mañana antes de acompañar a Joaquín al restaurante de la playa.

En realidad, lo que vamos a hacer hoy no es una fiesta, sino invitar a una copa a los clientes más habituales. La idea ha sido de Loli, dice que hay que celebrar mi decisión. Yo le he insistido en que no entiendo lo que vamos a celebrar, pero da lo mismo. Como sabía que, si no aceptaba, Loli lo iba a hacer de todas formas, era mejor no resistirse.

Fermín viene caminando despacio, hoy apoyado en su bastón. Dice que últimamente lo necesita algunas mañanas si al despertarse se encuentra un poco peor de una rodilla que le está dando la lata. Yo le estoy esperando en el portal de mi casa para subir a que conozca a la cría de Chelo. Cuando me ve sentada en el banco me dedica una de esas sonrisas tiernas con las que sabe que me roba el cariño. Viene especialmente elegante, se ha puesto el traje de chaqueta completo, con pantalón y americana a juego azul marino, con rayitas blancas casi imperceptibles. Además, ha sustituido su gorra habitual por un sombrero también azul que le da un aspecto más distinguido... Le doy dos besos y me sorprende que siendo ya tan tarde su piel siga igual de suave que por las mañanas, con ese olor tan característico a *aftershave* que me encanta en él.

—¡Claro, Candelita, es que me he vuelto a afeitar para la fiesta! —me explica.

—No es una fiesta, es sólo que quería invitar a una copa a los clientes habituales —me justifico una vez más.

—Qué más da lo que sea, yo me he puesto elegante porque te lo mereces.

—Gracias, Fermín, está usted guapísimo.

—¿Y para qué querías verme aquí? ¡Me tienes en ascuas!

—Tengo una sorpresa para usted.

Desde el ascensor escuchamos a Chelo ladrar. Sin duda, ha olido a Fermín, que al oír a la perra vuelve a sonreír. Hace unos cuantos días que no la ve porque Chelo ha estado conmigo en la playa mientras se terminaba la obra de Misueño. Al abrir la puerta, Chelo se abalanza sobre Fermín con tanto entusiasmo que en el zarandeo sale disparado su sombrero. Él me pide que le sujete el bastón para poder acariciarla con las dos manos mientras ella da vueltas sobre sí misma. Así se tiran un buen rato, haciéndose carantoñas uno a otro.

—¡Vale ya! —les regaño un poco a los dos—. Vamos para dentro, que quiero enseñarle algo.

Fermín se recompone la chaqueta y me sigue por el pasillo al lado de Chelo. Apenas cojea, así que se le olvida el bastón. Creo que ver a Chelo le mejora todos sus achaques.

—¡Mire qué preciosidad! —le digo, enseñándole a la última cachorrita que queda en la casa.

—¡Qué bonita! —dice Fermín mientras la acaricia suave entre sus brazos.

—¿Le gusta?

—¡Mucho! Se parece a su mamá.

Miro a Fermín y a las perras, y sé que me voy a emocionar. Y él también.

—¿Cómo se llama? —me pregunta.

—¡Chispa!

—Un poco cursi, ¿no?

—Eso mismo dijo mi madre, pero a usted no le voy a hacer caso. Se llama Chispa, está decidido —le digo muy convencida.

Me devuelve a mi cachorrita, que parece sentirse a gusto al llegar a mis brazos. Me siento en el sofá al lado de Fermín mientras Chelo se acuesta en el suelo, sin separarse de él.

—Ya sabe usted que dos de las crías se las quedó Joaquín y que Araceli y mi abuela se han quedado las otras dos.

— Así que sólo te queda ésta —dice señalando a Chispa.

—Fermín, ¿no se encuentra usted un poco solo?

—¡Si no fuera por ti y por Loli!... Ya sabes que desde que faltó Agustina sois como mi familia.

Chispa se ha quedado dormida en mis brazos y Chelo sigue tumbada mirándonos como si nos escuchara. Ya sé que eso de que los perros entienden lo que se dice no es verdad, pero a veces lo parece.

—¡Me gustaría que usted se quedara con ella! Le va a hacer muchísima compañía y sé que no hay nadie que pueda cuidarla mejor.

—¡Muchas gracias, hija! —me dice Fermín, acercando sus manos a la cachorrita para cogerla.

—¡No, Fermín! —digo, apartándola—. A Chispa me la quedo yo.

—¿Entonces? —me pregunta sin entender.

—¡Quiero que usted se quede con Chelo!

Fermín tarda en reaccionar y Chelo se incorpora del suelo poniendo sus patas sobre Fermín.

—¡No, Candela, no puedo consentirlo! —dice emocionado.

—Con usted está mejor que con nadie...

—Pero ¿tú...? —dice sin terminar la pregunta.

—Yo me quedo con Chispa.

Fermín me abraza y comienza a reír con la misma felicidad de un niño. Chelo viene hacia mí un poco nostálgica para que yo también la acaricie. Sé que lo está entendiendo todo, estoy segura. A Fermín, aunque sin dejar de sonreír, también se le han humedecido los ojos.

—¡Candelita, me has dado la vida!

—¡Candelaria, esta será la última vez que hablamos!

—No digas eso, mamá.

—Sé que ya no me necesitas.

—Sí te necesito.

—Tendrás que acostumbrarte.

—Pero yo quiero que sigas ahí, no ha cambiado nada.

—Ha cambiado mucho, aunque todo siga igual.

—Desde que estás muerta dices frases muy profundas...

—Aquí digo siempre la verdad.

—A veces dudo de si he acertado con lo de El Cancerbero...

—Creo que serás feliz, dentro de lo que cabe.

—¿Dentro de lo que cabe?

—Claro, los cuentos de hadas no existen, esto es la vida real.

—Será la vida real, pero yo estoy hablando con una muerta.

—Por poco tiempo.

—No digas eso que me pongo triste.

—Al final, no te quedaste con la herencia. ¡Mira que eres cabezona!

—¡He salido a ti!

—Tú eres mucho mejor que yo.

—Mamá, tú me has ayudado a ser así, sobre todo en los últimos tiempos...

—Desde que estoy muerta, quieres decir.

—No quería decir eso.

—Tienes razón. Tendría que haber sido mejor madre cuando estaba viva.

—Y yo debí decirte más veces que te quería.

—Ahora ya lo sé y puedo morirme tranquila.

—Pero si ya estás muerta.

—Bueno, es una forma de hablar. No puntualices todo, mujer.

—¿Vas a estar esta tarde en El Cancerbero?

—No, ya no tengo nada que hacer aquí.

—Mamá, yo quiero que estés.

—Candelaria, ya no estoy.

A Loli no se le ha ocurrido otra cosa que llenar El Cancerbero de globos. Me parece una mala idea, aunque es peor la de Iván, que ha comprado una especie de pistola para esparcir confeti que va disparando a diestro y siniestro, sobresaltando a todos con el ruido de la pistolita. Loli se ha puesto una blusa dorada con volantes y una minifalda negra de licra elástica con motitas brillantes. Una especie de cardado imposible en el flequillo y una sombra verde en los ojos completan su estilismo.

—¿Te gusta? —me pregunta, dando delante de mí una vuelta sobre sí misma.

—¡Es muy de tu estilo!

—Sabía que te iba a gustar —asiente, satisfecha.

Cuando veo entrar por la puerta a mi abuela, no me lo puedo creer.

—¿Qué haces aquí? —le digo, abrazándola.

—¿Pensabas que me lo iba a perder? Y como a ti no te da la gana de ir al pueblo, no me queda más remedio que venir a mí...

—¿Cómo has venido?

—¡Me ha traído tu novio! —dice señalando a la calle, donde veo a Joaquín aparcando su todoterreno.

—¡Pum, pum, pum!

—¡Coño, Iván, estate quieto con la pistolita! —le reprocha Lorelain.

—¡A ver si vas a asustar a la criatura! —dice Loli, tocando el vientre de su nuera.

Cada vez se le nota más la tripa a Lorelain, ya está casi a punto, pero el resto del cuerpo lo mantiene delgado hasta el punto de que hay que mirarla de perfil para saber que está embarazada...

Akanke sale de la cocina con una bandeja de canapés y llama a Iván para que entre a por más aperitivos, que vamos a distribuir por todas las mesas para que la gente vaya picando. Entre Loli, Akanke e Iván servirán las bebidas, porque hoy quieren que yo no haga nada.

Joaquín entra después de aparcar y me besa en los labios, antes de que Loli lo separe de mí para abrazarle ella.

—Loli me dijo que fuera a por tu abuela al pueblo para darte una sorpresa —me informa.

—La verdad es que no entiendo lo que estamos celebrando —le digo con sinceridad.

—¡Qué tía más sosa! —se mete Loli—. ¡Hay mucho que celebrar!

Han venido algunas chicas que trabajan en las oficinas de al lado. A la mayoría las ha avisado Loli y el resto se ha apuntado al ver el bar tan animado a estas horas.

—¡Están buenos los canapés! —dice Tomás Cifuentes, masticando uno.

—¡La mayoría los he hecho yo! —le dice Iván.

—¿De qué son? —le pregunta Tomás, que ha venido con tres compañeros de la comisaría.

—El que te estás comiendo, de salmón, queso y nueces.

—¿Te va todo bien? —le pregunta Tomás con afecto, dándole dos palmadas en el hombro.

—Sí, inspector, aquello con Lorelain fue un malentendido.

Iván se va contento hacia la barra a poner bebidas y a recuperar su pistola de confeti, que había dejado para sacar los canapés. Como está alegre, hace el pino y se pone a caminar sobre las manos.

Fermín y mi abuela están sentados sin parar de hablar de sus cosas. A él no se le ha quitado la sonrisa desde que sabe que ya no tendrá que separarse de Chelo. Supongo que mi abuela le estará hablando de lo maravillosa que soy y le enumerará una a una mis muchas virtudes. Es lo que hacen todas las abuelas y todas las madres: hablar muy bien de ti cuando tú no estás.

Akanke ha salido de la barra para charlar un rato con Tomás. Hace tiempo que todo el mundo sabe que están liados, aunque ellos siguen creyendo que se trata de un secreto. Espero que no pasara lo mismo cuando yo estuve con él.

Matías y su marido Luis entran por la puerta y vienen corriendo a abrazarme. Me da mucha alegría verles, a ellos tampoco les esperaba.

—¡Qué guapísima estás! —me dice Matías, exagerando su pluma.

—¡Ideal! —confirma Luis.

—¿Qué hacéis vosotros aquí? —les pregunto contenta.

—No podíamos faltar —sueltan los dos a la vez.

A ellos, como a todo el mundo, les digo que no sé realmente lo que estamos celebrando, pero, como nadie me hace caso, me doy un poco por vencida.

—¡Echaba de menos El Cancerbero! —dice Matías, mirando a su alrededor.

—La verdad es que está como siempre —le contesto.

—Yo lo noto distinto.

Matías se va a hablar con sus excompañeros de la comisaría, que esperaban para saludarle. Les presenta con orgullo a Luis como su marido, aunque con ellos reduce considerablemente su amaneramiento.

Me lo estoy pasando bien, ésa es la verdad. Estoy contenta y me gusta ver a la gente divertirse.

—¿Sabes dónde está la pistola del confeti? —me pregunta Iván, que me trae otra caña.

—¡No tengo ni idea! —le miento, porque he visto cómo Lorelain la escondía en el almacén.

Justo cuando me estaba preguntando por ella, aparece Araceli por la puerta.

—Perdona que llegue tan tarde, pero había mucho tráfico.

—¿Y José Carlos?

—No ha podido venir.

—Da lo mismo —le digo.

—Estoy de acuerdo contigo, da lo mismo.

Joaquín, por fin, viene un rato a mi lado. La mayoría lo acaba de conocer, así que no le dejan ni un momento.

—La gente se lo está pasando de maravilla —me informa—. ¿Y tú?

—¡Yo estoy feliz, Joaquín!

—Yo también lo estoy por ti.

—Gracias por haber aceptado mi decisión.

—Has hecho lo que querías hacer y eso también me hace feliz.

Loli coge una sartén y la golpea con un rodillo.

—¡Por favor! ¡Un momento de silencio!

—¡Qué bruta! —le reprocha mi abuela—. Eso se hace con una copa de cristal y una cucharita.

Todos se ríen, y Loli golpea de nuevo la sartén aún más fuerte.

—¡Quería proponer un brindis! —dice Loli muy solemne.

—¡Espera, mamá! —interrumpe Iván, con todo el mundo en silencio—. ¿Alguien ha visto la pistola del confeti?

—¡Ay, qué cruz! —exclama Loli, y todos ríen.

—¡Sigue, sigue! —le anima Akanke.

Loli bebe un trago de cerveza de su copa antes de alzarla para brindar.

—¡Por Candela! —dice, mirándome a los ojos con su copa en alto.

—¡Por Candela! —repiten todos.

—¡Gracias por quedarte!... Este sitio no tiene sentido sin ti.

—¡Cállate, que me vas a hacer llorar! —digo, riendo y llorando al mismo tiempo.

—¡Pues que siga la fiesta! —exclama Loli.

Iván sube un poco la música y su madre viene a abrazarme mientras el resto retoma sus conversaciones. Akanke regresa a hablar con Tomás. Matías y Luis siguen cogidos de la mano, charlando con los de la comisaría. Iván ha recuperado su pistola, que dispara de vez en cuando ante la desesperación de Lore... Fermín pide el tercer limoncello y mi abuela dice que le traigan otro a ella, que un día es un día...

Me detengo a mirar lo que me rodea. Tengo amigos, a Loli, a Akanke, a Iván, a Lore y al bebé que vendrá... Tengo una hermana a la que he empezado a adorar y un hermano al que no me une nada... Tengo una perra nueva que con toda probabilidad será fea, una abuela que me llama desde el pueblo constantemente y un anciano al que dar de comer todos los días... Tengo todavía el ojo de mi madre... Y tengo a Joaquín, que es lo mejor que me ha pasado en mucho tiempo, aunque no me vaya con él a ese restaurante tan maravilloso que va a inaugurar en la playa. Ése es su sueño, pero ésta es mi vida.

Loli tenía razón. Hay mucho que celebrar.